喚醒你的英文語感！

Get a Feel for English !

唤醒你的英文語感 ！

Get a Feel for English !

說出連續句的英文特訓

挑戰1000擊

實境問答！

作者/ Steve Soresi 總編審/王復國
原 文 書 名：英会話1000本ノック
原文出版社：コスモピア

貝塔語言出版
Beta Multimedia Publishing

IRT 語言測驗中心
Language Testing Center

本書以棒球做比喻，由教練（我）不斷向選手（你）擊球（提出話題），再由選手接球並繼續會話。不過，重視效率的我，將只擊出最重要的問題與話題給你。本書絕不提出沒意義的問題，像是「你現在坐著嗎？」、「2加2是多少？」、「good 的相反詞是什麼？」等，或是像「你的頭髮是什麼顏色？」之類的問題，我是不會問的。另外，本書已過濾掉的「無用問題」還包括了「類似的問題」。舉例來說，像「你喜歡的食物是什麼？」、「你最愛的料理是什麼料理？」、「你喜歡哪種料理？」這些類似的問題，都會精簡成一句。也因此，我所揮棒擊出的，都是你實際上最可能被問到的問題。這樣一來，身為選手的你，也才能針對這一個又一個嚴選出來且深具價值的擊球，努力蘊生出自己的最佳回答。

真實世界的溝通對話可分為兩種，一、寒暄問候類型固定式的對話，和二、所有其他的自由會話。

因此，本書也依據此分類，提出了2種問題，那就是「固定式」與「會話式」。「固定式」主要是從「被這樣問到的話就這樣回答」的寒暄問候型問題中，精選出 100 個最常見的問題，以能正確進行固定的基本問答為目標。

而「會話式」，（在本書中又稱為「3 階段會話」），則能徹底避免掉不正確的對答方式。所謂不正確的方式就是「答完一句後，就立刻安靜下來」的形式。這種回話方式根本不適用，但實際上答完一句後就接不下去的人，倒是真的很多。

所以，本書首創的「3 階段問答方式」，就是針對問題，先「單句簡答」，接著做「補充詳答」，然後回傳球給對手以「活絡對話」。只

要學會這種「3 階段問答方式」，往後不論聽到什麼樣的話、被問到什麼問題，都能搞定。肯定能達成「不知害怕為何物」的境界。

還有，本書會在各個 3 階段會話問題中，分別提供 2 個回答範例，以作為提示。但這僅供參考，並不是要讓你跟著念或背起來。本書的終極目的還是要讓你能自行自由應對。畢竟自己的事情要用自己喜歡的方式來說明，才能激發出英語會話的樂趣喔。

最後，我認為能完成本書全部練習的人，正是能迎向英語會話人生新階段的人。我衷心期盼各位的英語會話能力能有飛躍性的成長。Good luck! You can do it!

英語會話教練
Steve Soresi

CONTENTS

Chapter 1

固定式英語問答

所謂的固定式英語會話，就是為了學習固定形式之會話的問題。不只大腦了解該怎麼回應，而且要練習到不假思索就能隨口回應的程度。

Round 1	Round 2	Round 3
簡答	詳答	活絡對話

從 Chapter 2 到 4，我們將針對同一問題，以本書提倡的 3 階段形式來分 3 回合做回答。利用 Round 1「簡答」，Round 2「詳答」Round 3「活絡對話」的順序，進行將對手打過來的球接住後，再傳回去的練習。

Chapter 2
基礎句型特訓　　問句 110 x 3 回合 = 330 擊 / 累計 430 擊

從 Do you ...? Are you ...? Did you ...? 這類可以用 Yes / No 輕易回覆的問題開始，根據自身狀況來判斷該如何回應，先訓練出迅速簡答的能力。

CONTENTS

Chapter 5

情境特訓

問句 30 擊／累計 1000 擊

本章為最後的 30 題。你到底累積了多少問題回答的實力呢？在此測試看看吧！

Steve 專欄

本書的基本觀念與結構

▶ 為什麼要進行這麼多的會話口說練習？

為了能開口說英語而進行會話練習

對於「從國中到高中學了 6 年的英語，竟然還沒辦法順暢開口」的你，絕對沒有什麼「不擅長英語會話」、「能力不足」這種事。你只是「說話練習」做得不夠罷了。也就是說，你的問題只是「目前為止沒有累積足夠的說英語經驗」。然而，「想要把話說得好，就要好好練習說話。」這可是千古不變的定律。

❶ 完成的會話特訓越多，代表你能說出來的英語也越多

❷ 從現在開始說出的英語，再也不是「借來的東西」，而是「自己的英語」。

這是本書另一個重要的意義。不論是把教科書上的例句整個背起來，或是能全部念出來，終究是「別人的東西」，無法成為自己的財產。而由自己所表達出來的英語，才會成為自己的東西，所以我們必須不斷增加這些屬於自己的英語數量。你的「語言計步器」數值高低，和你的會話能力成正比。從今天起，請你也帶著你的「英語會話計步器」開始起步走，讓屬於你自己的英語，一點一滴地累積起來。

MP3 分成兩大部分

由於本書中所提出的問題並無所謂的「標準答案」，所以本書 MP3 中：

MP3 01 第一部分只收錄了由我提出的問題。請在問題問完後的空檔，用自己的話來練習回答。這就是前面所說的，練習說出「自己的英語」。

MP3 101 問句+回答　而 MP3 的第二部分，除了問題，還完整包含書中所列的回答範例錄音。

本書結構

本書的詳細內容結構如下：

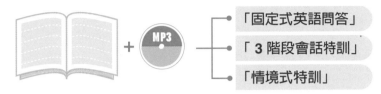

- 「固定式英語問答」
- 「3 階段會話特訓」
- 「情境式特訓」

接著讓我們依序來看看各種問答的範例和效果。

被這樣問到，就這樣回答

1 「固定式英語問答」 Chapter 1

　　當別人對著你說 Good morning 時，你會怎麼回答？大概 100% 的人都會回 Good morning! 吧。像這種問答就是「固定的會話模式」。在英語中，這種固定式的問答並不多，本書幾乎已全部羅列。請先從「固定式問答」練習起，務必將這類「固定的會話模式」徹底熟記，將之從「借來的東西」轉換成自己的東西，以便靈活運用。

固定式問答範例

Good morning.	Excuse me.
⬇	⬇
Good morning.	Yes?

Bless you.	Take care.
⬇	⬇
Thank you.	Thanks.You too!

固定式問答
的效果：

❶ 精通幾乎所有的基本寒暄問候語
❷ 能瞬間做出應對
❸ 親切有禮的表現能讓對方留下好印象

「3 階段會話特訓」

被問到 Do you have a car?（你有車嗎？）時，你會怎麼回答？ "Yes, I do." 或 "No, I don't." ???「只」有這樣的話，雖然文法正確，但根本稱不上是會話。真正的會話，是在聽到問題後，先「單句簡答」，接著「補充詳答」，最後還要「回問對方以活絡對話」，以這樣的 3 階段為基礎。這就是真實會話的基本「結構」。因此，「3 階段會話」就是養成英語會話基本技巧的訓練。

3 階段會話範例

針對同樣一個問題，回答 3 次，每次都添加下一個階段的句子。

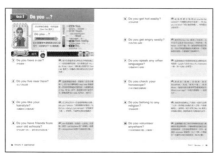

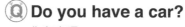 **Do you have a car?**

你有車嗎？

簡答

第 1 回合 ▶ MP3 暫停約 3 秒

Yeah. 有。

詳答

第 2 回合 ▶ MP3 暫停約 7 秒

Yeah. But I don't use it often.

但是我不常開。

活絡對話

第 3 回合 ▶ MP3 暫停約 10 秒

Yeah. But I don't use it often. How about you? 你呢？

| 3 階段會話
的效果 | ❶ 學到英語會話的基本技巧。
❷ 建立能將自身所有狀況充分表達出來的基礎能力。 |

Do you have a car?

No, I don't.

這樣哪算是會話啊？！

......

擺脫一問只有一答的狀況！

 3 「情境式特訓」

Chapter 5

終於要進入最後的挑戰。請發揮到目前為止所培養的會話力，努力嘗試吧！

此部分將安排 3 個真實的情境，而每個情境中都有 10 個連續問題等著你接招！

這三個狀況，分別是「在飛機機艙中與隔壁乘客對話」、「去巴黎旅行一週，旅程中與偶遇的人進行會話」、「接受英語面試」。

而這個「最終訓練」的部分，能夠養成各種英語檢定如 TOEIC 的英語面試，以及實際以英語接受公司面試時的通用能力。

若能征服本書的所有問題，你應該就能進行大部分的英語會話了，也可以說等於獲得了無球不接的萬能手套囉！

MP3 內容

固定式英語問答

　　本章以寒暄問候類的表達為中心，熟習固定的對話模式。（例如：聽到 Thank you. 就能立刻回覆 Sure.）

　　這些對話乍看之下很簡單，但是，知道意思和能夠順暢地運用是兩回事。請利用本書 MP3，一邊聽取問題一邊練習回答，直到能輕鬆自在地應對為止。

「固定式英語問答」的使用方法

什麼是「固定式」？

在「固定式英語問答」這章裡，主要目的是要能熟練運用固定的寒暄問候語和其回應方式。在此我們精選了 100 個最常聽到的問答模式。

在中文裡，有許多像「謝謝」→「不客氣」以及「你還好嗎？」→「我沒事，別擔心。」等固定化的問答表現。英語也有類似情形，也就是「被這樣問到，就應該這樣回答」的固定表達模式。針對這類問答進行的練習，就是本書所謂的「固定式問答」。

閱讀書中所列的 **10** 組固定問答模式,並理解其意義。

幾乎都是國中程度的基礎英語,所以很簡單,但還是請耐著性子好好練習。

 看著書中所列的 **10** 組問題,試著自行回答。

把英語的回答例句蓋住,只看著問題來練習回答。若能在 **1** 分鐘內答完 **10** 題,就 **OK** 了。

 使用本書 **MP3**,針對聽到的各句英語詢問,練習以英語迅速回應。

MP3 中,已留下適當的空白時間讓讀者自行說出答案,請練習在這段時間內將回答說完。一開始可能會覺得時間有點短,但請反覆練習,直到能順暢地一一回應 **Steve** 教練的問題為止。

當你在 3 能迅速回應 **90%** 以上的打擊問題時(也就是有 **90** 個以上的問題,你都能在 **MP3** 的暫停時間內回應),就可以進階到下一章的「**3** 階段會話」。

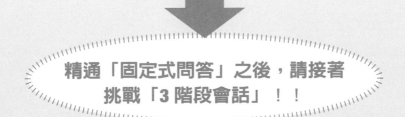

精通「固定式問答」之後,請接著挑戰「**3** 階段會話」!!

　　看到最前面的這 10 個問題時，可能會覺得「什麼嘛，這些我都知道啊！」，不過，請千萬別小看了這些常用表現。

　　請從「懂得」這 10 個基礎寒暄應對，進階到「真的可以好好回應」的境界吧！越是重要的問題，越需要毫不猶豫就反應出來才行。

　　請先理解這 10 個問題的意義，然後不看答案，從 1 到 10 一一以自己的話回答。能在 1 分鐘內完成所有回答，就算及格了。Let's start!

MP3 01　**MP3 101** 問句 + 回答

---

(1) Hi.
你好。

Hi.
你好。

> 這句在英語環境中，每天會用上好幾次，不論是在商店裡、餐廳、辦公室，還是學校、電話中、街道上碰到人都會說。對陌生人也會用這句來打招呼。對應到中文就是「你好。」。千萬別用隨便的「嘿！」來應對，「嘿！」就等於 Hey.。

---

(2) Thank you!
謝謝。

Sure.
不會。

> 遇到人道謝時，最常用的回話就是 Sure.。You're welcome. 聽起來有些高人一等的優越感，所以用 Sure. 感覺比較好。Sure. 的發音要短促，請避免拉長語尾。

---

(3) I'm sorry.
對不起。

No problem.
沒關係。

> 別人道歉時，固定的回應為 No problem. 或是 Don't worry about it.（澳洲則用 No worries.）。想要表達「沒什麼啦」的意思時，可用 It's no big deal.，甚至可將這三句接在一起使用。

---

(4) Welcome to America.
歡迎來到美國。

Thank you so much.
非常感謝。

> [Welcome to + 地點] 正是「歡迎來到～」的主要表達方式。很少人會只用 Welcome! 一個字就了事的。而即使沒聽清楚 Welcome to ... 後面 ... 的部分，也請直接回應 Thank you so much.。

---

(5) **Bless you.**
請保重身體。

⬇

Thank you.
謝謝。

 打噴嚏時，旁邊的陌生人可能會這樣對你說，這時請務必回應 Thank you.。不可只是笑笑，必須要以言語回答。Bless you. 的直譯是「願神保佑你」，但現在已成為一般的寒暄問候語了。

---

(6) **I'm Steve Soresi.**
我是史提夫·索雷西。

⬇

I'm...
我是…。

 報上自己名字時，也可以說 My name is ...，但聽起來比較公事公辦。用 I'm ... 這樣的表達方式會比較自然。自我介紹時的基本模式如下：① Hi. ② I'm ...（講出自己的名字）③ 握手 ④ Nice to meet you.

---

(7) **Nice to meet you.**
很高興認識你。

⬇

Nice to meet you, too.
我也很高興能認識你。

 這是完成自我介紹的最後一句話，在握完手後說，或是邊握邊說都可以。但這個說法只適用於初次見面的人，不是初次見面的人則要用 Nice to see you.，用 see 取代 meet。

---

(8) **Nice to see you again.**
很高興再見到你。

⬇

Nice to see you, too.
我也很高興能再見面。

 和某人再次見面時，欲表達「喔，好久不見，某某先生」、「又見面啦」等意思時的說法。這句可用於公務、非公務等廣泛情境中，一旦對方說了這句，請抓緊時機立刻回應。最後的 too 則可有可無。

---

(9) **How're you doing?**
你好嗎？

⬇

Good, and you?
很好，你呢？

 這是最常遇到的問答對話，而且對象不分熟識的人或陌生人，不論在電話中、電子郵件裡，或是見面時都可使用。而這個問句並非真的要問你的心情，只是個固定用語罷了。較自然的回應為 Good, and you?，或是 Fine, thank you. And you? 也可以。

---

(10) **What's new?**
最近如何？

⬇

Not much, and you?
一如往常，你呢？

 這是熟人之間常用的對話。類似的表達方式還有 What's up?、What's happening? 等，而這也同樣屬於固定用語，請不要滔滔不絕地訴說自己的情況。一般會回答 Not much.。注意，Good. 和 Fine. 在這裡並不適用，請別搞混了。

來自教練的建議：正因為是令人苦惱的狀況，才更需要適當的應對。

　　若能熟習這十個問題，則即使遇上令人容易驚慌失措的情境，或常見的麻煩場面，也都能從容應對。你絕不需要高難度的回應，只需反覆練習此處嚴選的主要應達表現，讓回話能脫口而出即可。此外，「聽不懂對方所說的英文」等狀況也時有所聞，所以得讓自己隨時能回應出適當的話來應付這種危機，才能巧妙地化危機為轉機。請以一分鐘內回答完十題為目標，Let's try!

MP3 02　**MP3 102** 問句＋回答

---

11 **OUCH! You're stepping on my foot.** 唉呀！你踩到我的腳了。

⬇

Sorry about that.
對不起。

 犯了像是踩到別人的腳、弄髒了別人的衣物、坐到了別人的位置等相對來說較小的錯誤時，不只是回答 Sorry.，再加上 about that 的話，將更能傳達出誠摯的感覺。

---

12 **Hey! You hit my car!**
嘿！你撞到我的車了！

⬇

Are you OK?
你還好吧？

 在發生車禍事故的狀況下，說 I'm sorry. 等於是承認自己的過錯，所以一般並不建議這麼回答，不過我個人倒不認為此話一出，在法庭上就會敗訴。然而無論如何，都先表達出 Are you OK? 關心對方的態度為上。

---

13 **Do you speak English?**
你會說英語嗎？

⬇

Just a little.
一點點。

 最好避免回答 Yes. 或 No.。講 No. 的話，感覺好像在騙人，說了 Yes.，又怕對方如機關槍般的英語說個不停。希望對方適可而止的時候，就採取這樣的應對方式。

---

14 **What's the name of this street?** 這條街叫什麼名字？

⬇

I'm sorry. I'm not sure.
很抱歉，我不清楚。

 I don't know. 是「我不知道」，聽起來很沒禮貌。若要表達「很抱歉，我並不清楚」這樣親切有禮的態度時，可說 I'm sorry. I'm not sure.。不論是怎樣的情境，只要不知詳情，這句都是最佳的回應方式。

---

(15) Where is the XYZ Inc. building? XYZ 大樓在哪裡？

⬇

I'm sorry. I'm not sure.
我很抱歉，我不確定。

 被問路時，若知道方向，可以一邊指路，一邊說 That way.（那邊）。若不知道時，千萬不要回答 No, no, no.，也不要因為想表達「這一帶我不清楚」而用 I'm a stranger here. 之類的回應。

(16) Do you remember me?
你記得我嗎？

⬇

I'm sorry. I don't remember you.
很抱歉，我不記得你。

 這個問題也等於 Do you know me?，若是能回答 Yes. 的狀況就不成問題，會有困擾的，是想有禮貌地表達 No. 的時候。由於直白地回答 No. 不太好，因此用 Well ... 或 I'm sorry. I don't remember you. 來回應。

(17) Does this train go to *kakikukeko*?
這列車會到「kakikukeko」嗎？

⬇

What's " kakikukeko "?
「kakikukeko」是什麼？

⬛ 這是確實提升自己聽解成功率的技巧。一旦碰到沒聽懂的字，就將之作為關鍵，回覆「What's + 聽不懂的字」即可。能這樣回應的人，等於已從英語初級班畢業。

(18) Is this yours?
這是你的嗎？

⬇ （沒聽懂的時候）

Sorry?
抱歉？

⬛ 因突如其來的問話而漏聽了一些字的狀況也不少。此時，有禮貌的回應方式是將耳朵向對方靠近，並說 Sorry?，語調則等同「是的？什麼事？」。若回應 What? 或「嗯？」，很容易給人沒禮貌的印象，故請儘量避免。

(19) Where can I get a beer around here? 這附近哪裡有賣啤酒？

⬇

Would you say that again, please? 可以麻煩你再說 次嗎？

⬛ 遇到較難、較長的句子，一時無法完全聽懂的話，回答 Would you say that again, please? 是最好的。千萬別回應 Again, please. 或 Once more, please. 等，這些即使是加了 please，聽起來還是很沒禮貌。

(20) Is there a gas station near here? 這附近有加油站嗎？

⬇

Would you say that more slowly, please? 可以麻煩你說慢一點嗎？

 這是前一句第 19 題的變化應用。沒能一次聽懂並不可恥，不懂裝懂又不肯重聽一次，很容易衍生麻煩。當對方明顯講得太快時，就用這句來應對吧！

來自教練的建議：道路指引不要一口氣講完，
要一個接著一個步驟地說。

　　被問路時，首先請以方向做單句簡答。而最容易導致失敗的，
就是把到目的地為止的詳細路線一口氣講完。問路的人多半在趕時
間，通常也只是想得到一點建議而已。故首先回答「那邊」並指出
方向，然後等待對方的下一句話。若對方還有疑問，請記得要快速、
簡短的回應。25~29 的問題是以甫出家門就被問路的狀況作為假
設情境。接著就請開始練習這十個問題。Here we go!

MP3 03 **MP3 103** 問句＋回答

---

(21) **Excuse me.**
抱歉打擾一下。

⬇

Yes?
是的？

> 當別人說 Excuse me. 時，就是在叫你。
> 也就等於對方以「哈囉」、「那個……」、「抱
> 歉」等話來搭訕的意思。針對這樣的話，請
> 以語尾上揚有如問句的方式說 Yes? ↗。最
> 忌諱毫無回應或只用表情做回應。

---

(22) **Go ahead.**
您先請。

⬇

Thank you.
謝謝。

> 別人在門口或電梯內禮讓你先行、或讓
> 座給你，同時還說了「您先請」Go ahead.
> 之類的話時，首先要回應 Thank you.。點頭
> 示意或鞠躬道謝等動作通常對方無法理解，
> 而不回話也不好。

---

(23) **Here you are.**
給您。

⬇

Thank you.
謝謝。

> 別人表達「給您」並遞來物品時，請回
> 答 Thank you.。附帶一提，在這種遞交物品
> 的情境中，「給您」不會用 Please. 來表達。
> 當發傳單的人遞來東西且說 Here you are.
> 時，若不需要，請回應 No, thanks. 來婉拒。

---

(24) **May I ask you a question?**
我可以問你個問題嗎？

⬇

Sure. Go ahead.
當然可以，請說。

> 針對 May I ...? 這類疑問要表達肯定
> 的回應時，請記得一定要用 Sure.。而拒絕
> 時，則用 Well ...，並稍稍停頓再接著說 I'm
> sorry. I'm busy. 之類的話來表示歉意。另
> 外，這種問題在議論事情時也常會用到。

---

25 Which way is the train station? 車站在哪個方向？

That way.

那邊。

被問路時，第一句要回的通常是 That way. 或 Over there. 等指出方向的回應。對於過路客的問題，特別需要簡潔迅速的回答，而被問到 Where is the train station? 時也是一樣的。

26 How far is the train station from here? 車站離這裡多遠？

About two minutes.

大約 2 分鐘。

被問到 How far ...? 時，以「About + 時間 .」的形式回答是最簡明易懂的。接著再補充說明距離也是可以的，但若能先依據對方用的交通工具，回答「所需花費的時間」，是最為貼心的了。

27 What's the name of this building? 這棟大樓叫什麼名稱？

MF Towers.

叫 MF 塔。

被這樣問到的話，就直接回答其名稱即可，並不需要用 The name of this building is ... 這樣的長句子來回覆。若不知道答案的話，就說 I'm not sure.。

28 What's the address here?

這裡的地址是什麼？

This is 12 Guanchian Rd.

館前路 12 號。

在這樣的問答之後，對方通常會接著說 I'm looking for ... 等話，若對方沒接著說，你也可以問 What are you looking for?。道路指引的訣竅就在於逐步說明。

29 Is there a bank near here?

這附近有銀行嗎？

Yeah. It's that way.

有，在那邊。

Is there ... near here? 這種句型經常會用到。而最實用的道路指引方式，就是先簡短回應，以表示出願意對話的態度。用「Yes. + 方向」的形式簡短回應，就很親切；但只說 Yes, there is. 則很冷淡。

30 I appreciate it!

非常感謝！

Sure. No problem.

沒什麼，別客氣。

I appreciate it! 是非常溫暖的道謝方式，意思相當於「非常謝謝你」、「真的很感謝您」。若想回應「沒什麼，別太客氣了」的感覺，則回答 Sure. No problem. 是最好的了。

Unit 4　複誦即可的問題

來自教練的建議：被這樣問到，就直接複誦回應！

　　在此將可複誦回應的十大問句整理在一起。若要提升會話能力，請務必把這種基礎的東西好好記住，以納入自己的會話百寶箱中。此外，還要徹底拋棄次要的表達方式，像 Good afternoon. 或 Good evening. 等使用的機會較少，不記也無所謂，而像道別時說的 Good night. 則很常用，就該納入自己的會話百寶箱中。另外，錯把 How are you? 也當成此類問句而複誦回應的人不少，請特別小心囉！

MP3 04　**MP3 104**　問句 + 回答

---

(31) Good morning.
早安。

⬇

Good morning.
早安。

 這是早上的主要問候語。下午的話，用 Hello. 或 Hi. 等，整天皆通用。Good afternoon. 或 Good evening. 等實際上不常用，是較次要的問候語。

---

(32) Hello.
你好。

⬇

Hello.
你好。

 很多人認為 Hello. 比 Hi. 更有禮貌，但這真是大錯特錯。以英語為母語的人，多半用 Hi. 來打招呼。簡言之，就是兩個說法都可以。能節奏明快，毫不猶豫地脫口而出，才是關鍵。

---

(33) Long time no see.
好久不見。

⬇

Long time no see.
好久不見。

 這句等於「好久不見了。」的意思。完整的說法是 We haven't seen each other for long time.，但這已是慣用的說法，故不需完整地說出長句子。稍後還會出現「好久沒有做～了」之類的句型。

---

(34) How do you do?
您好。（初次見面）

⬇

How do you do?
您好。（初次見面）

 How do you do? 這種對話的出現頻率並不高。但請千萬別和 How're you doing?「你好嗎？」這句搞混了，一定要能清楚區分。以初次見面的狀況來說，大概十次有一次會被問到 How do you do?。

(35) See you later.

再見。

⬇

See you later.

再見。

道別用語第一名。要提醒你注意的是，別省略 later 而只說 See you.，這樣聽起來就像「那拜啦！」般的無禮回應，請務必小心。基本形式為 [See you + 代表時間的單字.]。

(36) See you again sometime.

有機會再見面囉。

⬇

See you again sometime.

有機會再見面囉。

這種說法，對於不確定是否還會見面的人來說，相當方便。就像對著在飛機機艙內或旅館大廳、咖啡廳、電車內等偶然交談的人說「那麼再見啦」時的語氣。

(37) Good night.

晚安。

⬇

Good night.

晚安。

最適合在夜間分開時說的話，就是這句 Good night.，或前述的 See you later. 了。此外，晚上見面打招呼時，也不是用 Good evening. 來表達，而多半以 Hello. 或 Hi. 為主流。Good evening. 和 Good afternoon. 往往會給人過度有禮的感覺。

(38) Talk to you later.

那麼下次聊了。

⬇

Talk to you later.

那麼下次聊了。

在訪問地點，或在宴會、公司裡與某人交談時，由於並非此後就銷聲匿跡不再出現，故暫且向談話對手表示「那麼，有機會再聊」時，用的句子就是這句。

(39) Bye.

再見。

⬇

Bye.

再見。

道別時最後用的話語。若在 See you later. 之後還想加點什麼的話，就接著說這句。要說 Bye-bye. 的話，得用沉穩的語調來說，但有時聽起來還是會有些幼稚。Bye. 的說法會比較像大人。

(40) Thank you.

謝謝。

⬇

Thank YOU.

（也）謝謝你！

說 Thank YOU. 時將 YOU 字強調出來，就有「也謝謝你」的意思。聽到 Thank you. 若回答 You're welcome. 的話，有時候會有「向我道謝是應該的」的感覺。一般來說，除了回答 Thank YOU. 也會回答 Sure.（請參考 P.28 固定式英語問答 43）。

Unit 5 離別時的問答

來自教練的建議：分離時的寒暄話語，要順暢且俐落。

分離時的寒暄，也要順暢無礙才好。即將分開時，當對方說了些話，而自己的反應卻是「啊？什麼？」，實在是很糗。

分離時的發言，也很常用 Thanks. 來回應。幾乎可說是不確定怎麼回應時，就講 Thanks. 即可。

為了能順暢完成分離之際的對話，接著請練習本單元的 10 個問題吧！

MP3 **05** MP3 **105** 問句＋回答

---

(41) **Take care.**
保重。

⬇

Thanks. You too.
謝謝，你也是。

> Take care. 就是「保重」、「小心身體」的意思。聽到對方說到 Bye. 或 [See you + 時間] 以外的道別話語，而不知如何回答時，總之回覆 Thanks. 就萬事 OK。

---

(42) **Good luck.**
祝你好運。

⬇

Thanks.
謝謝。

> 如果和說 Good luck. 的人立場相同，則可於回覆時多加一句，說成 Thanks. You too.「謝謝。你也是」。

---

(43) **Thank you for your time.**
謝謝你。

⬇

Sure. Anytime.
不客氣，有需要請隨時告訴我。

> 當對方這樣說時，通常不會回應 You're welcome.，因為這句聽起來往往給人驕傲的感覺。而這句和第 40 題一樣，也可以回應 Thank YOU.。

---

(44) **It was nice meeting you.**
很高興見到你。

⬇

Nice meeting you too.
我也是。

> 也可以去掉 It was，只回答 Nice meeting you too.。另外講 Nice to meet you too. 也行。但實際上分離時，說 meeting 的機率比 to meet 要高。

---

45 **Say hi to your mom.**
代我向你母親問候。

➡

OK. I will.
好的，我會。

🔊 也可以用 Thanks. 來代替 OK. I will.。
若不確定怎麼回答好，請記得回覆 Thanks.
即可。若還有餘裕，就再加上 Say hi to
your family too. 之類的句子。Say hi to ...
就是「請代我向～問候」的意思，用途相當
廣泛。

---

46 **See you tomorrow here at 11.** 明天早上 11 點這裡見。

➡

See you then.
到時候見。

🔊 針對「See you + 時間、地點」這種句
子，最基本的回應方式就是複誦。不過關鍵
還是在於要能流暢且快速的回答。而能簡單
做到速答的秘技，就是回應 See you then.
「那麼就那個時候見」，這樣便能應付任何的
日期時間囉。

---

47 **Have a nice day.**
祝你今天愉快。

➡

Thanks. You too.
謝謝，你也是。

🔊 接在 Have a nice ... 之後的字詞，還
可以是 vacation（假期）、meeting（會議）
等。此時首先要回應的就是 Thanks.，而不
要複誦對方的話。

---

48 **Enjoy your stay.**
祝你待得愉快。

➡

Thanks.
謝謝。

🔊 這也是個無法用複誦方式回答的句子。
像 Enjoy your meal.「請用」等，以 Enjoy
your ... 開頭的句子應該很常碰到，請掌握
節奏，立即以 Thanks. 來回應吧！

---

49 **Have a nice trip.**
一路順風。

➡

Thanks.
謝謝。

🔊 這是前述第 47 題 Have a nice day.
的變化應用。一般不會說成 Have a nice
travel.。而這類句子通常也不能複誦回應，
所以請回答 Thanks.。類似的表達還有 Bon
voyage. [ˌbɔnvwˋjɑdʒ]，這是英語中的外來
語（源自法語）。

---

50 **Zaijian.**
再見。

➡

Your Mandarin is good! Zaijian.
你的中文真好！再見。

🔊 這比較像是好玩的講法。若對方這樣
說，就請你這樣笑笑地回應吧！同義的外來
語還有 Adiós.（源自西班牙語）和 Ciao（源
自義大利語），都很常用。

來自教練的建議：英語中也有一些比較客氣、禮貌的表達方式，請牢記這些問答方式吧！

在本單元中，就讓我們好好記住精心挑選的幾個客氣有禮的表達方式，以及其對應的回答方法。此外，還要徹底學會當對方有禮的提出要求時，該如何保持禮貌並婉拒。無論如何，不回話都是最糟的。不論你怎麼裝笑臉，或是表現出禮貌的態度，話不出口就無法傳達心意。請記得沉默不是金，而是禁忌，並拿出自信開口說英語吧！

MP3 06 **MP3 106** 問句＋回答

---

51 **Would you take our picture?** 你可以幫我們拍個照嗎？

Sure.
沒問題。

 當對方以 Would you ...? 或 May I ...? 等句型表達請託時，想表示「可以啊」的時候，回覆 Sure. 是最適當的。一般不會用 Yes. I would. 這樣的句子回答。而要拒絕的時候，最好以 I'm sorry, but I can't now. 這樣委婉的方式來回覆。

---

52 **May I borrow a pen?**
可以跟你借支筆嗎？

Sure. Here you are.
沒問題。這支借你。

 May I borrow ...? 是很常見的表達方式。不只是借筆，也可能借 tissue、telephone 等東西。而要拒絕時，用「Well ... I'm sorry ＋ 拒絕的理由（S ＋ V）」這樣的句型來回答即可。另外，borrow「借入」和 lend「借出」很容易搞錯，請特別留心。

---

53 **Would you mind sitting here?** 不介意我坐這兒吧？

Sure. No problem.
當然不介意。請坐。

 被問到 Would you / Do you mind ～ ＋ V-ing? 這樣的句子時，若在 Yes. 與 No. 兩個選項間猶豫不決，就會變得無法回應。不過只要記得，想回覆肯定的意思時，就用 Sure. No problem.，想回覆否定的意思時，則用下一題的答法，感覺就會簡單很多。

---

54 **Do you mind if I smoke?**
介意我抽根菸嗎？

Actually, I mind.
嗯，我有點介意。

 Would you / Do you mind if S ＋ V? 這種問句和第 53 題一樣，一旦試圖用 Yes. / No. 來回答，就容易心生猶豫。想回覆否定的意思時，就如左側這樣回覆即可。甚至有時光說 Well ...，對方就能了解並體諒了。

---

55 **May I have your ID?**

可以出示您的身分證嗎?

Sure. Here you are.

當然。在這裡。

 不只是身分證 (ID),ticket、passport 等東西也經常會用 May I have your ...? 這種句型來問。此時的回答可分為兩階段。首先以 Sure. 表示「可以啊」,接著再把對方要的東西拿出來,說 Here you are. 即可。附帶一提,ID 就是 identification 的縮寫。

---

56 **Would you excuse me a minute?** 容我失陪一下。

Sure. Go ahead.

沒問題,您請。

 這句是「可以等我一下嗎?」的意思,故有時也說成 Would you wait here?。回應時說 Sure. 即可。而此時還可以再加上 Go ahead.「您請」,或 Take your time.「您慢慢來」等句子。

---

57 **Would you sign here?**

麻煩您在此簽名。

Sure.

好的。

 當別人提出要求時,標準的肯定回覆句,就是這個 Sure.。想否定時,則可說 Well ...。若回答 Do I have to?「我一定得這樣做嗎?」或 I'd rather not.「我不是很想這樣做」的話,會顯得態度有點強硬。

---

58 **That'll be 37 dollars.**

總共 37 塊美金。

OK. Here you are.

好的,請拿去。

 這是付款時的對話。這種時候也不宜保持沉默,應該立刻回覆 OK.,以表示聽到對方的話了。然後把錢奉上時,請說 Here you are.,不要說 Please.。此時若完全不講話,很容易給人不好的印象。

---

59 **May I ask you a favor?**

可以請您幫個忙嗎?

Sure. Go ahead.

沒問題,您請說。

 這句與 Would you do me a favor? 的意思相同,同樣也經常聽到。要表達否定的意思時,請利用 I'm sorry, but I'm busy now. 這類句型,將簡單的理由以 S + V 的形式附加上去,會比較有禮貌。在此的 I'm sorry, but ... 就是「很抱歉~」的意思。

---

60 **Why don't we have lunch together?** 一起吃個午飯吧?

Why not? .

好啊!

 肯定的回應就用 Why not?,另外也可用 OK. 或 Sure.。而否定的回應方面,想要有禮貌地婉拒時,可說 I'm sorry, but I can't.。若更斬釘截鐵的拒絕時,就說 I'm sorry. I'd rather not.「抱歉,我不想」。

來自教練的建議：不能再滿足於 Survival English 啦！

到海外旅行時，你的英文到底是所謂的「Survival English」，還是「正式的英語」將一目瞭然。旅行時，當地的店員由於是在做生意，所以即使使用「Survival English」，意思的溝通傳達尚能勉強完成。不過，若只是滿足於這種客人與店員間的最基本英語會話，往後將無法以英語進行對等溝通。不過別擔心，只要徹底學會本單元的十個問答，就萬無一失了！不只是去商店或餐廳將能暢行無阻，就算你受邀至朋友家中作客，也沒問題。

問句
+
回答

---

61 **May I help you?**
需要幫忙嗎？

No, thanks. I'm just looking.
不，謝謝。我只是看看而已。

💬 在商店裡被問到 May I help you? 時，不是「歡迎光臨」的意思，而是「需要幫忙嗎？」、「你在找什麼嗎？」的意思。針對到辦公室的訪客也會這樣問。被問到這句時，可以用 No, thanks. 來回絕，若確實要找什麼東西，則可說 I'm looking for ...。

---

62 **Did you find everything OK?** 有什麼問題嗎？

Yes, thanks.
沒問題，謝謝。

💬 這是在店裡，店員想結束服務時會說的話。以餐廳而言，較常聽到 Was everything OK? 或 Is that all? 的說法。若當時的情境不適合回答 Yes, thanks. 的話，則可用「Well ... May I have + 想要的東西？」這樣的句型來回應。

---

63 **Would you like something to drink?** 您想喝點什麼嗎？

Yes. I'll have this.
好的，我要這個。

💬 餐廳的服務生或是一些場所的招待人員多半會以 Hi. 起頭，接著問你 How are you?，然後接下來就是這句了。若還沒決定要喝什麼，可回答 No, thanks.。若想說「現在還不需要」，則回覆 I'm OK for now.。若是想喝水，可說 May I have some water?。

---

64 **Are you ready to order?**
您準備好要點菜了嗎？

Not yet.
還沒。

💬 若還沒決定要點什麼，就回答 Not yet.，並接著說 Sorry about that.。若決定好要點的菜了，則請說 Yes. I'll have ...。若菜單中某些專有名詞念不出來，則可以指著菜單，或周圍的人正在吃的菜，並問 May I have this / that? 即可。

---

65 **Would you like to pay by cash or credit card?**

請問您要用現金還是信用卡付款呢？

⬇

Credit card. Here you are.

信用卡，用這一張。

 不論用現金還是信用卡結帳，遞出錢或卡片時，都要說 Here you are.。萬萬注意，不要說 Please.。Please.「請～」是用在 Please don't get angry.「請不要生氣」這種句子中的。

---

66 **Would you like a taxi?**

您要叫計程車嗎？

⬇

No, thanks.

不用，謝謝。

 No, thanks. 是用來表達委婉拒絕的意思。即使對方是親切有禮的人，這樣回答也不會失禮，同時還可用來對付煩人的兜售行為。回覆時要簡潔有力，效果才好。這雖是很簡單的句子，也請反覆練習，直到能立即脫口而出為止。若要表示肯定的意思，則請回答 Yes, thanks.。

---

67 **Is your room OK?**

您的房間還可以嗎？

⬇

Yes, thanks.

很好，謝謝。

 這是旅館中的對話。被這樣問到時，若房間設備有任何缺漏，就回應 Well ... 並繼續以 There's a problem with ... 這樣的句型具體說明問題所在。例如，要是蓮蓬頭漏水，只要說 There's a problem with my shower. 就可以了。

---

68 **Would you like to try this?**

您要不要試試這個？

⬇

No, thanks.

不，謝謝。

 對於窮追不捨的銷售員，基本上都可用 No, thanks. 的方式來回應。而且說的時候，務必迅速且面帶微笑。表情很重要，畏畏縮縮地講並不好。反之，若有興趣，則可用 Well ... 或 What is it? 等句型回應。

---

69 **Would you like anything else?** 您還需要別的東西嗎？

⬇

Yes. May I have some coffee?

是的。可以給我杯咖啡嗎？

 講 Coffee, please. 的話，感覺像是說「給我咖啡」，往往給人不是很禮貌的印象。想要什麼東西時，一定要用 May I have ...? 這樣的句型來表達。要表示「現在什麼都不需要」的話，可說 I'm OK for now.。

---

70 **How was your meal?**

您的餐點如何？

⬇

Good. May I have the check?

很好吃。麻煩幫我結帳。

 想抱怨時，最好還是先說 Good.，接著再用 But there's a problem with ... 這樣的句型繼續說下去。在餐廳會碰到的對話種類有限，只要學會固定的幾種應答方式，就能建立會話基礎，對談起來也更加愉快。

Unit 8 突如其來的資訊詢問

來自教練的建議：掌握節奏，先以單句回應！

　　本單元會向你詢問各種資訊，請試著依據你目前的實際狀況來回答。例如，被問到「廁所在哪裡？」時，就請指示出你目前所在地的廁所位置。

　　以下這兩句，不論在什麼情境下都很好用：(1) Just a moment.「請稍等一下」。(2) I'm sorry. I'm not sure.「很抱歉，我不清楚」。而最重要的還是，不停頓並掌握節奏立即回應。請挑戰於一分鐘內答完以下十個問題吧！

MP3 08　**MP3 108**　問句 ＋ 回答

---

71 **May I have the time?**

可以告訴我現在幾點嗎？

⬇

Sure. It's 10:15.

當然可以，現在 10 點 15 分。

> Do you have the time? 也是同樣意思，兩者都比 What time is it? 更有禮貌。回答時直接說 10:15 (Ten fifteen.) 即可，不須加上 o'clock 或 a.m. / p.m. 等。不知道幾點時，則回答 I'm sorry. I'm not sure.。

---

72 **What's today's date?**

今天幾月幾號？

⬇

Yeah. It's November first.

嗯，今天 11 月 1 號。

> 11 月 1 日可說成 the first of November 也可以說成 November the first。關鍵還是在於，要採取自己能瞬間反應的回答方式來回應。不確定用哪種說法比較好時，就兩種都講吧。

---

73 **May I sit here?**

我可以坐這裡嗎？

⬇

Sure. Go ahead.

當然可以，請。

> 若不確定該位子是否已有人坐，立刻回答 I'm not sure. 會比較好。若想回覆「這是我先生的位子」，則請先說 I'm sorry. 再接著表示 It's for my husband. 就行了。

---

74 **What day of the week is it?**

今天星期幾？

⬇

Thursday.

星期四。

> 針對這個問題的回應，只需一個字即可。與其說得口沫橫飛、長篇大論，單刀直入的一個字則更為清楚明白。這和被問到 What time is it? 時的情形類似。

(75) **What would you like to drink?** 您想喝點什麼？

⬇

Well, what do you have?

嗯，有些什麼飲料呢？

 這個問題可說是基本中的基本。主要回答方式包括以下三種：(1) May I have + 飲料名？（麻煩給我～）。(2) I'm OK for now.（現在不用）。以及本例的 (3) Well, what do you have?。

---

(76) **Which way is the bathroom?** 洗手間在哪裡？

⬇

That way.

那邊。

 路線指引的句型又出現囉。請維持節奏，一邊指出方向，一邊迅速回應 That way.。總之，不可一口氣把詳細路線全盤托出，這樣反而會令人困擾。行有餘力的話，可再添加 It's on the right.「就在右手邊」這樣的句子。

---

(77) **May I have your name?** 請問您的大名是？

⬇

Sure. It's Steve Soresi.

是的，我是史提夫・索雷西。

 What's your name? 是比較直接的問法，也請記住這句謙虛有禮的說法 May I have your name?。回覆自己姓名後，還可接著表達 Just call me...「請叫我～就可以了」等句子，告知對方自己的小名也不錯。

---

(78) **Would you spell your last name?** 請問您的姓氏怎麼拼？

⬇

Sure. SORESI.

是的，S-O-R-E-S-I。

 要詳細傳達拼音時，可用以下這種方式：S like sugar.「sugar 的 S」或 O like orange.「orange 的 O」等，亦即舉例說明。一般會以食物、動物或國家名稱為例。請用自己的名字來練習解說拼音。

---

(79) **How do I pronounce your name again?** 可以麻煩您再說一次姓名嗎？

⬇

It's SORESI.

我是索雷西。

 此例問答的關鍵，就在於要緩緩說出自己的姓名，而說姓或名皆可。若是較少見的名字，可用 Soresi. It's like Tracey. 這樣的方式，舉出類似發音的名字，會更為清楚易懂。另外，接著補充 It's an Italian name. 之類的話，將能進一步增添話題以活絡對話。

---

(80) **Have we met before?** 我們是不是見過面？

⬇

I'm not sure.

我不確定。

 被問到這句時，若很乾脆地回應 No.，對方會很沒面子，所以請回答 I'm not sure.。有時也可能被問到類似意思的 Do I know you?，這句的回覆方式也相同。另外，通常還會接著以 Anyway, I'm Steve. 這樣的句子，進入到自我介紹的情境中。

在本單元裡，我們要練習「會面情境」中的固定式問答。而這裡的「會面」範疇，包括了宴會、公司的櫃檯、到某人家中拜訪……等狀況。

在此收集的是除了自我介紹以外的基本問答（自我介紹的部分請參考 P.21）。

首先是到達目的地時的問候，接著是迎賓或提供飲料等時候的對話，最後則是分離時用的句子。總之，全都熟記起來吧！

MP3 09 **MP3 109** 問句 + 回答

---

81 ## Come in.
請進。

Thanks.
謝謝。

準時到的人可在 Thanks. 之後接著說 Am I early?「我來早了嗎」。若要表示「我遲到了嗎」則說 Am I late?。若在空無一人的玄關處，想說「打擾了」或「有人在嗎」之類的話時，請將語尾拉長，說 Helloooo. 即可。

---

82 ## Thanks for coming.
感謝您來訪。

Thanks for inviting me.
感謝您邀請我來。

針對 Thanks for ... 這類句子，以 Thanks for ... 的句型來回應，感覺非常好。在 Thanks for ... 之後要接 Ving，或像 Thanks for your e-mail. 這樣採取 [your + 名詞] 的形式。但 [your + Ving] 這種講法是錯誤的，請特別注意。

---

83 ## Have a seat.
請坐。

Thanks. This is a nice place.
謝謝。這裡真漂亮。

對方請你坐下時，除了 Thanks. 之外，再加上一句讚美的話會比較好。此外，Have a seat. 比 Sit down. 或 Take your seat. 等說法更為謙恭有禮，所以當你邀請對方坐下時，請記得採用這個說法。

---

84 ## Help yourself.
請自行取用。

Thanks. It looks delicious.
謝謝。看起來真好吃。

請對方享用飲料或食物時，除了這句外，還會用 Here you are. 等。而回覆 Thanks. 之後，好像該接著再說一句什麼比較好。自此開始，像這種「加一法則」便會不斷出現，請一點一滴地記起來。另外，不說 Thanks. 而用 Thank you. 也是可行的。

(85) What should I call you?

該怎麼稱呼您？

⬇

Just call me "Steve."

叫我「史提夫」就可以了。

告知對方自己愛用的小名，是交朋友和建立商務關係時不可或缺的要件。我個人在美國時，大概 100% 都用 Steve 這個名字。至於朋友的小孩或大學裡的學生則叫我 Mr. Soresi。

(86) Here's to our friendship.

為我們的友情乾杯。

⬇

Cheers.

乾杯！

以「為某某事物乾杯」這類話來舉杯慶賀的習慣，舉世皆然。而具代表性的英語說法就是 Here's to ...「為～乾杯」。至於回答，則用 Cheers. 或複誦 to 和之後的部分。例如，Here's to Paris! → To Paris!

(87) This is my sister, Amy.

這是我妹妹艾咪。

⬇

Nice to meet you, Amy.

很高興見到你，艾咪。

若對方介紹某人給你，則請以「Nice to meet you, 某某人」的形式，加上對方的名字來回應。只要在句子前後加上對方的名字，就能讓對方對你產生親切感，同時也比較容易記住對方的名字，可說是一舉兩得。

(88) Nice talking to you.

很高興能跟你聊天。

⬇

Nice talking to you too.

我也是。

這就類似站著對話時，想要先告一段落而說的「那麼待會兒見」、「先失陪一下」等的表達方式。另外，有禮貌地打斷對話時，可採取如 I need to go now, but it was nice talking to you.（我得走了，真的很高興能跟你聊天）的這種說法。

(89) I'll be right back.

我馬上回來。

⬇

OK. Talk to you later.

沒問題。待會兒見。

Talk to you later. 和第 88 題一樣，都帶有「先失陪了」的意思，一般用在交談一陣子後，覺得差不多該結束對話的時機點。See you later. 用於將完全離開該地點時，而 Talk to you later. 則用於稍後可能還會見到的狀況。

(90) Thanks for coming.

感謝您來訪。

⬇

Thanks for a wonderful time.

謝謝，我玩得很開心。

這是和第 82 題一樣，用 Thanks. 來回應 Thanks. 的帥氣問答方式。而除了 for a wonderful time 之外，還有 for your advice（你的建議）、for a wonderful dinner（很棒的晚餐）、for your time（寶貴的時間）等也很常用。

Unit 10　必須特別回應的對話

> 來自教練的建議：即使對方說的並非問句，也請好好回應！

所謂的會話，並非都由問題與回答所構成。因此，針對對方非問句式的發言，也要好好回應。

這類對話大致可分成以下五類：1. 令人高興的消息、2. 令人悲傷的消息、3. 稱讚的話語、4. 意見、5. 定型式的句子。針對以上五類發言，該做出的回應也大致是固定的。在本單元中，我們就要針對這五類發言，練習達成即時回應的目標。

MP3 10　MP3 110　問句＋回答

---

(91) **I lost my glasses.**
我弄丟了我的眼鏡。

⬇

Oh. I'm sorry to hear that.
喔，真令人遺憾。

> 對於相對而言較不可惜的的事，或不是很壞的壞消息來說，用 I'm sorry to hear that. 回覆最為合適。類似的表達方式還有 That's too bad.，不過這句只能用在嚴重度低的情況下，使用範圍較狹窄。另外，此處的 Oh. 表示感嘆同情的意思。

---

(92) **My goldfish died.**
我的金魚死了。

⬇

Oh. I'm SO sorry to hear that.
喔，真是太令人遺憾了。

> 這句比第 91 題的程度嚴重些，針對更悲傷或更壞的消息，可以強調 SO，以 I'm SO sorry to hear that. 這句來回應。聽到壞消息時，要給予對方立即的回應，才能將體貼的心意傳達給對方。

---

(93) **Your English is good!**
你的英文真好。

⬇

Thanks. But I'm still learning.
謝謝。不過我還在持續學習中。

> 被稱讚時，要立即採取以下兩種回應之一：1. 輕鬆地以 Thanks. 道謝、2. 用 Really? 來表達謙遜之意，如「喔？是嗎？」、「哪裡、哪裡」等。而不論以上述何種方式回應，最好都能像本例這樣，在後面多加一句話會比較妥當。

---

(94) **I hate this weather.**
我討厭這種天氣。

⬇

Really?
真的嗎？

> Really? 的意思是「喔？真的嗎？」，相當於稍稍否定對方發言。若想輕鬆地表示同意，則用 Yeah. 或 Me too.。

---

(95) **I love this song.**

我好愛這首歌。

➡️

Yeah. It's good.

是的，這真是首好歌。

 表示同意時，最簡單的搭腔方式就是回 Yeah.，而稍稍有些不同意時，則說 Really?。在以上兩種回應之後，最好接著多加一句活絡對話用的句子。最好的方式，就是簡單問一個問題，例如 Who sings this song?。

(96) **You look tired.**

你看起來很累。

➡️

Yeah. I need some sleep.

是啊，我需要睡一下。

 在聽到 You look tired. 或 You must be tired. 時，首先要表示同意或不同意，接著再用加一法則增添會話豐富度。以此例來說，也可再附加一句 I had to get up early. 「因為我得早起」。

(97) **You look great.**

你看起來真帥／真美。

➡️

Oh, thanks.

喔，謝謝。

 被人稱讚時，通常都用 Thanks. 來回應，不過當然也能採取謙虛否定的回答。若在 Thanks. 前面加個 Oh.，就能增添態度稍有保留的味道。想表示不同意見的時候，則可用 Really?。

(98) **That's a nice shirt.**

這件襯衫真不錯。

➡️

Thanks. I like yours too.

謝謝，你的也很不錯。

 稱讚他人身上穿的衣物，常是禮貌性發言。被稱讚了就得稱讚回去，這也是禮貌。但若被稱讚的東西，對方目前並未帶在身邊（例如寵物），該怎麼辦呢？這種時候，可用 Do you have a pet? 來回問，以向對方表達出興趣。

(99) **Are you OK?**

你還好吧？

➡️

Yeah. Thanks.

沒事，謝謝。

 想表達「我沒事」的話，就用 I'm OK.。其中主詞千萬不可忘，前面一定要加 I'm。想表示「～很痛」的話，請說 My ... hurts.，想表示「～的部分有點問題」則用 I have a problem with ...。

(100) **Are you ready?**

要出發囉？

➡️

Yeah. Thanks for waiting.

好的，讓你久等了。

 Are you ready? 的意思是「要出發囉」、「要開始囉」。這算是一種招呼，並非真的在詢問你準備的進度如何。若真的讓對方等很久了，請回應 I'm sorry.，而想回答「還沒好」時，就說 Not yet. 或 Just a moment.。

固定式問答**變化球篇**

　　歷經剛剛的 100 個嚴選固定式問答題，感覺如何呢？針對這 100 個最具代表性的問題，反覆練習，直到能讓固定的回應脫口而出是很重要的。

　　不過，要是被問到這 100 題以外的句子怎麼辦？此時，只要依據本頁與下頁的說明來應對，就萬無一失了！

固定式問答 1　**Hi.** 你好。 ➡ **Hi.** 你好。

若對方不用 Hi. 或 Hello. 等固定說法，而用了以下這類變化球，那就這麼回答吧！

- **Hey!**
- **Hi there!**
- **Howdy!**
- **Well hello!**

➡ **Hi!**
這樣回答，或模仿對方複誦一遍即可！

* 這些都和「你好。」類似，屬於剛見面時較輕鬆的問候語。

固定式問答 9　**How're you doing?** 你好嗎？
➡ **Good, and you?** 很好，你呢？

若對方用了以下這類變化球，那就這麼回答吧！

- **How's it going?**
- **How's everything?**
- **How've you been?**
- **How're you today?**

➡ **Good, and you?**
全都這樣回答就可以了！

* 這些都和「你好嗎？」、「最近如何？」類似，屬於剛見面時的問候語。

See you later. 再見。
➡ **See you later.** 再見。

固定式問答 **35**

若對方用了以下這類變化球，那就這麼回答吧！

- **See you around.**
  再見囉。
- **See you in my dreams.**
  夢中再見。
- **See you when I see you.**
  再見面時就真的再見囉！（玩笑話）

See you then.

那麼再見吧。

這樣回答，或者複誦一遍即可！

Nice to meet you. 很高興認識你。
➡ **Nice to meet you, too.** 我也很高興能認識你。

固定式問答 **7**

- **Good to meet you.**
- **Great to meet you.**
- **It's a pleasure to meet you.**
- **Nice to make your acquaintance.**
- **Pleased to meet you.**

* 都是「初次見面」、「請多指教」的意思。

Nice to meet you too.

這樣回答，或「複誦一遍 + too」即可。

EXTRA

最常碰到的其實還是「不知道在講什麼」的變化球，這種時候……。

- 讓人完全摸不著頭緒的內容
- 講的速度太快以至於沒聽懂
- 聽不懂的笑話

* 也請參考固定式問答第 17 ~ 20 題的內容。

Sorry?

「抱歉，您是說？」

Would you say that again, please?

「可以麻煩你再說一遍嗎？」

「語言計步器」就是英語能力的計量器

不論是學英語、做菜還是開車，左右成果最重要的關鍵都是「經驗值」。也就是說，你的進步程度和目前為止進行該事物的經驗量大致成正比。而這個原則適用於每一個人。

以英語來說，特別需要注意的是，有些東西可以成為「經驗」，有些則不行。亦即「唸出」或「複誦」那些別人寫出來的英語，是無法成為「自己的經驗」的。若要做出好菜，光吃美食是無法讓手藝精進的，還是得自己反覆動手烹調，累積料理經驗，才可能進步。學習英語會話也是一樣的。

那麼，到目前為止，你自發的表達出來的英語有幾句呢？我將這個經驗值比喻成藏在你身體內的「語言計步器」。語言計步器數值累積的越高的人，英語會話的能力也越高。最終，左右自己英語會話能力的，就是標示在這個語言計步器上的數值。想要開口說英語的人，就得好好增加自己「語言計步器」上的數值！每天都要用自己的英語，實際開口說說看。

當然，不論是寫「克漏字」、「閱讀測驗」等題目，或唸「英語會話教科書」中的對話範例，還是讀「英語教科書」內容，這些都無法增加「語言計步器」上的數值。可惜的是，在台灣大部分的英語課（不論是英語補習班還是國中、高中、大學的英語課），由學生自己產生出的英語量非常少。如果在一個小時的課程中，每個人發言不到十句，那麼這種課還不如不上。It's a WASTE。浪費時間也浪費金錢。

今後不論是 TOEFL® 還是 TOEIC®，還有大部分的英語資格考試，都會加入實際口說和書寫能力的測驗。當場聽到的話，就必須當場用自己的英語回

應，挑戰你的資訊發送能力。想要突破這樣的英語資格考、想要用英語進行溝通，就要提升語言計步器的數值，別無他法。

那麼，要怎樣才能增加語言計步器上的數值呢？提升語言計步器數值最有效、最快速的方法是什麼呢？

其中一個就是本書的問答特訓。針對我提供的問題，用你自己的話來回答、並且進行某些說明，就是最有效率的練習方法。在留學或參加英語會話班之前，請先讀本書。每天認真地進行 30~100 個問題挑戰，努力提高自己語言計步器上的數值吧！此外，還可以用英文寫日記，睡前將今天做過的事以 10~20 字的英語統整並說出來，做成口述日記也很不錯喔！

常見問句與話題百寶箱

老外旅居亞洲最常聽到的問句有以下幾個:「你從哪裡來?」、「為什麼會來呢?」、「在這邊的時間很長嗎?」、「這邊的食物吃得習慣嗎?」、「你怎麼學會中文的?」、「喜歡這裡嗎?對這個國家有何感覺?」其他還有許多關於年齡和血型的問題,每個問題每年都會聽到十次以上。

因為覺得煩,所以只回答一句就了事的外國人其實不少,但這真的太可惜了。我認為這是強化口說能力的大好機會

例如,針對「為什麼會來呢?」這個問題,我就自己創造了個話題,像是「我為了到某某中學當英文老師而來,在這個國家體驗到了四季不同的美食與風俗習慣,並且對這個國家一見鍾情。」之類的。之後,還自己準備好開玩笑用的梗,像是被問「你從哪裡來?」,就回答「喔,我是從台北車站走過來的史提夫,請多指教。」等等。不過要開玩笑得挑一下對象就是了。

就像這樣,我很推薦大家適度的自行製造一些話題、笑點。雖說能納入話題百寶箱的話題數有限,但能保有幾段出口成章的得意之作是很好的,同時也可藉此體驗並熟悉訴說整段連續內容的技巧。請從本書中選出 3、4 個喜歡的話題試試看吧!

Chapter 2

基礎句型特訓

從本章開始便進入本書核心的「3 階段應答」訓練。請先徹底了解 3 階段的做法後，再開始練習。在本章中，各單元皆整合了以基礎句型構成的問題，請針對各個問題，用自己的話來回答。若能以自己的話回覆各階段的所有問題，那麼你的語言計步器數值就能增加許多喔！加油吧！

「3 階段應答」的使用方法

什麼是「3 階段」？

3 階段就是 ① 「單句簡答」、② 「補充詳答」、③ 「活絡對話」

「3 階段」就是英語應答的大原則。亦即，以「先用單句簡短回應」、「加上補充說明」、「活絡對話」這種 3 階段的回答形式作為會話的最小單位。

拿棒球來比喻的話，就相當於針對打來的球進行「接住」、「調整姿勢」、「再丟回去」這一連串的動作。

要用 **3 階段**的方式丟回來喔！

好的！

棒球		會話
❶ 接球	➡	單句簡答
❷ 調整姿勢	➡	補充詳答
❸ 把球丟回給對手	➡	活絡對話（反問對手）

一問一答式的會話練習沒有意義。因此，要用「3 階段」的方式

除了固定式的問候句之外，所有會話都不是以一問一答的形式存在的。接到別人丟過來的話題時先以單句回應，然後添加一句補充說明，接著再反問對方，這樣的 3 個階段，才是會話的基本單位。

坊間出版了許多《英語會話問題集》、《外國人經常會問的問題與其回答方式》等這類教材，但是幾乎每一本都只是「一問一答式」的會話範例集。這種一

問一答的方式，簡直就像調查員在問話一般，根本稱不上是會話。在本書裡，為了讓你具備真正的會話能力，我們採「3 階段」做為會話的結構，並徹底利用這樣的「3 階段」方式來進行應答練習。

為了真正學好「3 階段」會話而提供的三類問題

作者精心設計了 290 個高頻出現的問句與其回答方式，並分成 3 個回合進行練習。此外，這些問題又分為「基礎句型」、「進階句型」、「各類主題」共 3 大類，不過每一類的基本結構和使用方法都一樣。請依照以下的使用方式，一一挑戰各個問題吧！

「3 階段應答」各 Unit 的使用方法

【每個 unit 都是：Round 1 → Round 2 → Round 3】

 看書，並讀懂 10 個問題的意思。

 看書，並試著以自己的話回答這 10 個問題。

書中為各題皆列出了 2 組回答例句，當你想不出該如何回應時，便可加以參考。但不用把這個回答背起來，最好還是能用自己的話來回答。

  使用 MP3，練習聽取問題並盡快回答。

在 MP3 中，已留下適當的空白時間讓讀者自行說出答案，請練習在這段時間內，將 3 階段式的回答說完。

 第 1 回合請依據以上 1 ～ 3 的要點來進行，等 3 的部分能達成 80% 的成功率時，就進行下一回合。

各單元內容結構

Round 1「簡答回合」

各回合的 CD 曲目編號皆不同。問題念完之後的暫停時間大約 3 秒，請掌握節奏，在這段時間內將簡答內容好好說出。

針對 Round 1「簡答回合」，提供 Steve 教練建議的學習心法。

在如 Do you...? / Are you...? 這類簡答句型變化有限的單元中，還會把從「強烈肯定」到「強烈否定」的說法，用 [Yes / No 量表] 來標示。

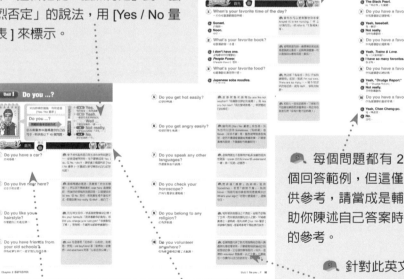

每個問題都有 2 個回答範例，但這僅供參考，請當成是輔助你陳述自己答案時的參考。

針對此英文問題做的解說，包括範例回答以外的回答方式，還有其他各種補充說明。

在這邊不會出現範例答案。讀懂問題後，請一邊參考 [Yes / No 量表]，一邊把自己的答案說出來。

用 [Yes / No 量表] 回答的問題，其回答時間只有 2 秒，因為這類問題需要更快速的反應。

Round 2「詳答回合」和 Round 3「活絡對話回合」

針對 Round 2「詳答回合」和 Round 3「活絡對話回合」，提供 Steve 教練建議的學習心法。

每一回合中都有 10 題問題，而各回合的 MP3 曲目編號皆不同。接在 Round 2 問題之後的暫停時間大約 6 秒；而接在 Round 3 問題之後的暫停時間大約 10 秒。暫停時才想答案的話，時間一下就過了，所以為了能在時間內完成回答，必需事先想好話題與策略才行。

針對回答方式、能延伸話題的回答模式等，從各種角度進行解說。

列出前一頁中 Round 1 的問題和回答範例。同時搭配 Round 2、Round 3 的回答範例，便能徹底掌握 3 階段的回答法。

在 Round 2 中要回答的內容為「簡答 + 詳答」，在 Round 3 中則為「簡答 + 詳答 + 活絡對話」

在 Round 3 中，要把 Round 2 中的回答再加上能活絡對話或是反問對方的句子，好把發話權丟回給對方。

49

Unit 1　Do you ...?

來自教練的建議：利用這個 [Yes / No 量表]

Do you ...?

問題的基本回答方式

從右側量表中選擇適合自己的句子，來回答以下 10 個問題。

肯定程度 / 否定程度

➤ ★★ **Yes.**
強烈肯定。「就是這樣！」

➤ ★ **Yeah.**
一般表示肯定時的說法

➤ ─ **Well ...**
不確定答案時。「嗯……」

➤ ★ **Not really.**
並非如此的時候。「不太……」

➤ ★★ **No.**
否定的時候。「不」

 **Round 1**　首先　簡答　MP3 11　MP3 111　問句 + 回答

---

① Do you have a car?
你有車嗎？

🅢 車子或兜風等是日常生活中常見話題之一。但被這樣問到時，並不需要回答 Yes, I do. 或 No, I don't.。請依據上面提供的 [Yes / No 量表]，先嘗試以單句簡答出自己的狀況吧！

---

② Do you live near here?
你住在附近嗎？

🅢 這個問題的意思，其實是「你住在哪裡？」所以並不需執著於 near here 這個細節，然後拼命煩惱該怎麼回答。以直覺回答出 Yes. 或 No. 即可。若其實住得不遠也不近，那麼回應 Not really. 或 Well ... 就行了。

---

③ Do you like your hairstyle?
你喜歡自己的髮型嗎？

🅢 在日常生活中，和這個問題類似的像 I like your hairstyle.「我很喜歡你的髮型」或 Did you change your hairstyle?「你換髮型了嗎？」等詢問，不論男女都經常會聽到。

---

④ Do you have friends from your old schools?
你有從學生時代一直到現在的朋友嗎？

🅢 old 在這裡是「從前的、以前的」的意思。例如，old boyfriend 是「前男友」的意思，old apartment 則是「以前住的公寓」。

---

⑤ Do you get hot easily?

你很怕熱嗎？

Ⓢ 這個問題和詢問 Do you like hot weather?「你喜歡炎熱的天氣嗎？」或 Are you hot now?「現在覺得熱嗎？」等問題的目的相同。

⑥ Do you get angry easily?

你很容易生氣嗎？

Ⓢ 請利用 [Yes / No 量表] 來回答。另外也可以回答 Sometimes.（有時候）或 Never.（從來不會）等。雖是被問到是否易怒，但也不需過度嚴謹地考慮答案。只要接著補充說明，不要讓對方誤會即可。

⑦ Do you speak any other languages?

你還會其他外語嗎？

Ⓢ 這個問題並不是要問你能否流暢地說其他語言。speak 在此和 know 或 understand 一樣，為「知道」的意思。

⑧ Do you check your horoscope?

你有在看星座運勢嗎？

Ⓢ 想表達「偶爾」的時候，就用 Sometimes.。若是「絕對不會」，則說 Never.。有時可能也會被問到意義類似的 What's your sign?「你是什麼星座？」這個句子。

⑨ Do you belong to any religion?

你有信教嗎？

Ⓢ 有時某些話題自己不想談，但對方卻問了出來。而宗教的話題在成人之間，不時總會遇上。這時候，就先利用 [Yes / No 量表] 來做單句簡答，接著再參考下頁的補充詳答。

⑩ Do you volunteer anywhere?

你有參加哪裡的義工活動嗎？

Ⓢ 這個問題代表了對方想詢問你的個人興趣與在意的事物等。只要輕鬆地談論自己目前想做的事、正在做的事等即可。另外，這裡的 volunteer 是動詞。以上十題，只要能在一分鐘內以自己的話答完，就 OK 囉！

來自教練的建議：接在 Yeah. 或 No. 等單句簡答後的「附加說明」，正是會話的關鍵。

在此回合中，請接續著 Yeah. 或 No.，試著附加、補充說明。秘訣就在於承接前面的單句簡答，將「也就是說～」這樣的感覺以簡單的言語表達出來。請避免 Do you like dogs? － Yes. I like dogs. 這類文法上 OK 但會話上 NG 的回答方式。一旦意識到「非補充說明不可」，都能很快完地成詳答喔！

(1)　Do you have a car?

Yeah.
有。

But I don't use it often.
但是我不常開。

No.
沒有。

I use trains or taxis.
我都坐電車或計程車。

(2)　Do you live near here?

Well ...
嗯……

It takes about 40 minutes from here.
我住的地方距離這裡大約 40 分鐘。

Yeah.
是啊。

I live about 10 minutes from here.
我住在距離這裡大約 10 分鐘的地方。

(3)　Do you like your hairstyle?

Well ...
這個嘛……

It's OK.
還可以。

Not really.
不太喜歡。

I need to get a haircut.
我需要剪個頭髮。

(4)　Do you have friends from your old schools?

Yeah.
有啊。

Most are from high school.
大部分是高中時期的朋友。

Not really.
不算有。

Sometimes I see people from my old schools.
我偶爾會跟以前學生時代認識的一些人見面。

來自教練的建議：為了能如連珠炮般迅速回應對話，
訓練時必須設定時間限制。

到了第 3 回合，終於要達成「3 階段訓練」，也就是連續說出
3 個部分的回答。一開始可能會因為想不出來該說什麼而語塞，所
以本書特別設計了時間限制。這樣一來，你就能夠毫不猶豫、不
過度斟酌地迅速回話。時間限制的基準為 1 個單元 2 分鐘，請以
2 分鐘內用 3 階段形式答完 10 個問題為目標來努力吧！

How about you?
你呢？

So I don't need a car.
所以我不需要車子。

⑤ 以 [Yeah. + But ...] 的句型補充，最後再用 How about you? 來反問的形式，算是萬用基本款。而 I don't ... often. 經常用來表達「不太常做～」的意思。

I live in the suburbs.
我住在郊區。

How about you?
你呢？

⑤ 要詳述自己居住地的時候，通常以 [I live about 幾分鐘（幾公里）from here.] 的形式來說明。[It's about 幾分鐘（幾公里）from here.] 也可以。而 suburbs 泛指市中心以外的住宅區。

What do you think?
你覺得呢？

How about you?
你呢？

⑤ It's OK. 是指「不差，但也沒有很好」的意思，並不算是肯定的答案，請特別注意。想輕鬆隨興地詢問對方感想時，用 What do you think? 是最恰當的。

We all get together every year.
我們每年都會聚會。

How about you?
你呢？

⑤ 此例中的 Most are ... 是指「大部分是～」，而用 Almost are ... 是錯誤的。almost 一定和 every 或 all 合併使用。另外，「見面」用的是 see，不過也可用 meet。

(5) Do you get hot easily?

Well ...
這個嘛……

I don't mind hot weather.
我不怕炎熱的天氣。

Yes.
是的。

And I get cold easily, too.
而且我也怕冷。

(6) Do you get angry easily?

Well ...
這個嘛……

When I'm tired, I get angry easily.
我累的時候比較容易生氣。

No.
不會。

I'm a peacemaker.
我是個和事佬。

(7) Do you speak any other languages?

Not really.
不算真的會。

I studied Spanish in school.
我在學校學過西班牙語。

No.
不會。

English and Japanese are enough.
英語和日語就很夠用了。

(8) Do you check your horoscope?

No.
不會。

I don't believe in it.
我不相信星座。

Sometimes.
偶爾看。

It's interesting.
星座運勢很有意思。

(9) Do you belong to any religion?

No.
沒有。

But my parents are kind of religious.
但我父母倒是信仰很虔誠。

Well ...
嗯……

Most Taiwanese don't believe in one god.
大部分的台灣人不只信一個神。

(10) Do you volunteer anywhere?

No.
沒有。

I volunteered at a retirement home once.
我曾經在養老院做過義工。

Yeah.
有。

I volunteer for an environmental group.
我在環境保護團體擔任義工。

But I mind humidity.
但是濕氣我就敬謝不敏了。

How about you?
你呢？

想第 5~10 題也請以「3 階段」的形式將自己的答案一一說出。mind 是指「在意」，I don't mind ... 就是「我不在意～」、「～也無所謂」的意思。

How about you?
你呢？

I always avoid fights.
我總是會避免吵架。

想表達「做了什麼，就會怎樣」的意思時，請用 [When + S + V（或 If + S + V），S + V] 的句型。重點在於，When 或 If 之後一定要接「主詞 + 動詞」。angry 和 mad 意思相同。

How about you?
你呢？

My brain can't handle any more.
我的頭腦無法負荷更多語言了。

handle 用在人身上的話，有「控制」的意思。例如，I can't handle my three sons. 就是「我無法控制我的三個兒子」。而名人的經紀人英文稱為 handler。

How about you?
你呢？

But I forget it an hour later.
但是我一個小時之後就忘了。

interesting 指「有趣、有意思」，經常用來形容人所說的話或書籍等。fun 則為較隨興的說法，為「好玩」之意，常用於形容動作電影、卡拉 OK、聊天對話等。

How about you?
你呢？

But Taiwan has religious traditions.
但台灣是有傳統宗教活動的。

若你是基督徒，可回答 I'm Christian.，若是佛教徒的話就說 I'm Buddhist. 等。當然，Well ... That's a difficult question. How about you? 這樣的 3 階段式回答也行。

How about you?
你呢？

We pick up trash usually.
我們通常會撿垃圾。

「在～做義工」是用 [I volunteer at + 場所名稱，或 for + 團體名稱] 來表達。單句簡答之後，請再附加說明「在哪裡」、「做什麼事」等內容來豐富對話！另外，trash 可用 garbage 來代替。

來自教練的建議：利用這個
[Yes / No 量表]

Are you ...?
問題的基本回答方式 ➡️

先了解以下 10 題的意思後，試著從右側量表中選出你的答案。

肯定程度

➤ ★★ **Yes.**
強烈肯定。「就是這樣！」

➤ ★ **Yeah.**
一般表示肯定時的說法

➤ — **Well ...**
不確定答案時。「嗯……」

➤ ★ **Not really.**
並非如此的時候。「不太……」

➤ ★★ **No.**
否定的時候。「不」

否定程度

Round 1 首先   簡答

MP3 14 **MP3 112** 問句 + 回答

---

(1) Are you free tonight?
你今晚有空嗎？

🧢 這是邀約對方時用的句型。「今晚你在做什麼呢？」說成 What are you doing tonight?。每天這樣問自己，並將當晚預計做的事練習用 3 句以上的話說出來，如此反覆練習，就能功力大增喔！

---

(2) Are you hungry?
你餓了嗎？

🧢「有點餓」的時候，就說 A little.，想表示「不太餓」時，則說 Not really.。而就算「真的很餓」，也不用回答 Yes. I am. I'm hungry.，請在 Yes. 之類的單句簡答之後，說些更有內容的話比較理想。

---

(3) Are you tired?
你累了嗎？

🧢 若是「有點累」，就回答 A little.，其他狀況則利用 [Yes / No 量表] 來擇一回答。若遇到「非常累」的情況，就強力地表達 Yes!，而如果想表示「確實有點累」等認同對方說法的意思時，用 Yeah. 就很適當。

---

(4) Are you planning to move in the future?
你近期內有打算搬家嗎？

🧢 不確定的時候，用 Well ... 這樣的回應最為方便，同時還能替下一句話爭取一些思考時間。當然重點還是要先快速回話。注意，這裡的 move 是指「搬家」，而非「移動」的意思。

---

(5) Are you planning to travel this year?

你今年有打算去旅行嗎？

S、Are you planning to ...? 就是「你打算做～嗎？」的意思，而這和 Are you going to ...? 的意思幾乎一樣。被這樣問到時，請先用單句簡答，試著從左頁的 [Yes / No 量表] 中擇一回答即可。

(6) Are you good at any sports?

你有任何擅長的運動項目嗎？

S、想表達「沒什麼特別擅長的」時，與其以單句簡答，不如用 Not really. But I like ...「不算有，但我喜歡～」這種句型來回覆會更理想，這是一種謙虛的表達方式。

(7) Are you good at cooking?

你擅長做菜嗎？

S、想表達「有在做菜，但不是很厲害」之類的意思時，回答 A little. 即可，而這也是一種謙虛的表現。I'm pretty good. 是「還不錯」的意思。至於其他的回應，則請於 [Yes / No 量表] 中選擇。

(8) Are you used to eating spicy food?

你習慣吃辣嗎？

S、此問題是要問「你吃辣的東西嗎？」。be used to ... 是「習慣於～」的意思；而 [S + used to + V.] 則是「過去經常做～」的意思，請別搞混了。

(9) Are you getting used to my questions?

你習慣我的問題了嗎？

S、「習慣了～」是用 get used to ... 。而「習慣了新環境或新工作，穩定下來了」則可用 settle down 來表達。

(10) Are you enjoying this CD?

這張 CD 聽起來愉快嗎？

S、請注意，enjoy 這個字不能像 Are you enjoying? 這樣單獨用在句子裡，一定要有「目標對象」接在 enjoy 之後。例如 Enjoy yourself. 或 Enjoy this concert. 等。

來自教練的建議：若想跳脫一問一答的窠臼，這個詳答回合正是關鍵！

在真實世界中與人交談時，是不可能只用 Yeah. 或 No. 之類的話回應對方的。因此，在詳答回合中，根據加一法則來添加回應語句，是很重要的。請依據自己的狀況來調整此處的回答例句。另外，也請記得要將想說的話簡單表達出來。例如，不要執著於「工作堆積如山」的「堆積如山」這個詞，可用 I'm busy tonight. 這樣的句子來表達，重要的是要先把話說出來才行。

1 Are you free tonight?

Well ...
恩……

I'm busy until about 7.
我會忙到 7 點。

Yeah.
有。

I don't have any plans.
我沒什麼事。

2 Are you hungry?

Not really.
不太餓。

I just had lunch.
我才剛吃午飯。

Yes!
餓了。

My stomach's growling.
我的肚子在咕嚕叫呢。

3 Are you tired?

Yeah.
是啊。

I went to bed late.
我很晚睡。

Not really.
還好。

Thanks for asking.
多謝關心。

4 Are you planning to move in the future?

No.
沒有。

Moving is too much trouble.
搬家太麻煩了。

Well ...
這個嘛……

I'd like to move.
我想搬家。

來自教練的建議：「活絡對話回合」的萬能選手就是 How about you?

　　會話就是語言的投接練習。對於別人丟過來的球，不僅要接住，更要能丟回去，這是不變的定律。在這第 3 回合中，我們就要從對手丟過來的問話中找出問題，或提出意見，並把它丟還給對方。

　　在這個「活絡對話回合」中，最方便的萬用句就是 How about you? 了。像這種「你呢？」的回問方式，不僅有禮貌，也具有潤滑對話的效果。

How about you?
你呢？

Would you like to do something?
你想做些什麼活動嗎？

「我有事」可用 I'm busy. 或 I have plans. 來表達。而想問對方有什麼計畫時，則用 Do you want to ...? 會比較輕鬆隨興。但不論對方是誰，用 Would you like to ...? 的句型都能顯得有禮貌，所以較為推薦。

How about you?
你呢？

I haven't had dinner yet.
我還沒吃晚飯。

I just had lunch. 的 just 是「剛剛」的意思。而在此句型中，其實用過去式的機率比用現在完成式的機率更高。另外，growl 的原意是「咆哮」的意思。

I e-mailed my friends all night.
我整晚都和朋友互通電子郵件。

How about you?
你呢？

用 Yeah. 表示同意對方的發言之後，再用兩句話來解釋為何會這麼累。像這樣在單句簡答之後，再接著說明「因為～」，就能輕易地豐富對話內容。

How about you?
你呢？

I'd like to live closer to the city.
我想住在離市中心近一點的地方。

針對此問句，除了表達「搬家好麻煩、好貴」之類的意見外，也可往「目前的住處」、「理想的住家」等方向來發展對話。I'd like to ... 的說法比 I want to ... 更有禮貌，請練習到能脫口而出的程度吧！

5 Are you planning to travel this year?

Yeah.
有。

I'm going to see a friend in Brazil.
我要去巴西見個朋友。

No.
沒有。

I wish I could go somewhere.
要是能去哪兒玩玩就好了。

6 Are you good at any sports?

No.
沒有。

I used to play basketball in school.
我以前在學校都打籃球。

Well ...
嗯⋯⋯

I play tennis almost every week.
我幾乎每週都打網球。

7 Are you good at cooking?

Well ...
這個嘛⋯⋯

I like cooking Japanese and Chinese food.
我喜歡做日本料理和中菜。

Not really.
不很擅長。

But my husband is good at cooking.
不過我先生很會做菜。

8 Are you used to eating spicy food?

Yeah.
吃。

I love spicy Asian foods.
我最喜歡嗆辣的亞洲菜了。

Not really.
不太習慣。

I prefer non-spicy foods.
我比較偏好不辣的食物。

9 Are you getting used to my questions?

Yeah.
習慣了。

I see how to do it now.
我現在搞懂該怎麼做了。

Not yet.
還沒。

It's still difficult for me.
對我來說還是很難。

10 Are you enjoying this CD?

Yes!
很愉快！

This is a perfect book for me.
這本書真是再適合我不過了。

Well ...
這個嘛⋯⋯

I'm still struggling.
我還在努力奮戰中。

How about you?
你呢？

But I can't find the time.
但是我騰不出時間。

> see 是「見面」的意思。以此例來說，用 meet 或 visit 也可以。[I'm going to + 動詞] 是用來表現未來的事情時常用的基本句型。

How about you?
你呢？

But I'm not that good.
但我沒那麼厲害。

> [almost every + 某事物] 可表達「幾乎每～都」的意思。I'm not that good. 的 not that good 是指「沒那麼厲害」，[not that + 形容詞] 這種句型的應用範圍相當廣。

How about you?
你呢？

Do you cook often?
你很常做菜嗎？

> 回問對方這件事相當重要。要能向對方表達興趣，並順水推舟地讓自己成為傾聽的一方才好。除了用 How about you? 之外，像「你很常做菜嗎？」這樣自行提出疑問也很好。

How about you?
你呢？

But sometimes I have curry.
但有時候我會吃咖哩。

> mild 可算是 spicy 的相反詞，但更明確的說法是 non-spicy。針對事物表示「最喜歡～」或「～是我的最愛」等意思時，通常用 I love ... 的句型來表達。

But it was tough at first.
不過一開始很辛苦。

But I'll do my best.
不過我會盡力的。

> I see how to do it. 的 see 是「理解」的意思，等同於 understand。針對對方的發言，要表示「我了解了，原來如此」的意思時，多半以 I see. 來搭腔。「盡力」則用 try 或 do my best 來表現。

I need to practice speaking.
我需要練習口說。

But eventually I'll get used to it.
不過我終究會習慣的。

> I need to ... 是「我必定得～」、「我需要～」的意思。在同類的前後文情境中，不太會使用 I must ... 的句型。而 eventually 是「終究」的意思，在日常生活中很常用到，請學會運用。

來自教練的建議：
利用這個 [Yes / No 量表]

Did you ...?
問題的基本回答方式

從右側量表中選出你的答案，不必採用像 Yes, I did. / No, I didn't. 這麼長的回答。請試著於 1 分鐘內答完以下 10 題。

肯定程度

★★ **Yes.**
強烈肯定。「就是這樣！」

★ **Yeah.**
一般表示肯定時的說法

— **Well ...**
不確定答案時。「嗯……」

★ **Not really.**
並非如此的時候。「不太……」

★★ **No.**
否定的時候。「不」

否定程度

 首先 簡答

MP3 **17** MP3 **113** 問句 + 回答

① **Did you have breakfast today?**
你今天有吃早餐嗎？

🅢 答案請從上面的量表中擇一使用。不需在完成式 Yes, I have. 和過去式 Yes, I did. 之間猶豫不決，只要回覆 Yes. 或 No. 一個字即可。而關鍵在於下一回合中，是否能遵循加一法則來補充說明。

② **Did you see the news today?**
你有看今天的新聞嗎？

🅢 向你提出這個問題的人，其實不是真的想知道你到底有沒有看新聞，而是為了製造話題才問的。新聞是僅次於天氣的熱門話題之一。

③ **When you were a child, did you travel with your family?**
你小的時候，有和家人一起去旅行嗎？

🅢 此問題稍微長了些，但像這類「～的時候，做過～嗎？」的問句相當常見。而其回應除了以上量表中的例子之外，Sometimes.「有時候」和 Only once.「只有過一次」等也可以。

④ **When you were a child, did your family ever move?**
你小時候曾經搬過家嗎？

🅢 「搬家」用一個字 move 來表達即可。還可以用 I moved once.（我搬了一次家）這樣的方式在句尾加上頻率。另外，請特別注意 ever 有「截至目前為止」的意思，而且只用於疑問句中。若想表達強烈肯定時，斬釘截鐵地表示 Yes! 即可。

⑤ Did you sleep well last night?

你昨天睡得好嗎？

⛸ 做為早晨寒暄的一部分，緊接在天氣的話題之後，通常都會問到這句。請抓緊時機，馬上以單句簡答。不過若這樣就結束對話，將傳達出「我其實不想跟你講話」般的無言暗示，故請特別小心。

⑥ Did you e-mail a lot today?

你今天寄了很多封電子郵件嗎？

⛸ 別煩惱於 a lot「許多」一詞的程度到底如何，請憑直覺回答就好。會話並非無法修正的考題，若一句說不完全，補充說明即可。只要用 3 階段的形式來回答，就一定能讓對方理解。

⑦ Did you like your high school?

你喜歡你的高中嗎？

⛸ 與此問題類似的還有 What kind of high school did you go?「你讀的是怎樣的高中？」，以及 Tell me about your high school.「談談你的高中吧」等。

⑧ Did you go to college?

你有讀大學嗎？

⛸ Where did you go to your university?「你大學是在哪裡讀的？」也是很常見的問題。而回答時的重點，就是要避開學校名稱（專有名詞）。尤其是對外國人來說，他們對其他國家的大學名稱並不熟悉。

⑨ Did you use English this week?

這個禮拜你有用到英文嗎？

⛸ 與此問題類似的還有 How often do you use English?「你多常使用到英文」或 Have you talked to anyone in English recently?「你最近有用英語和誰交談過嗎」等。

⑩ Did you answer all ten questions?

你有沒有回答完全部的十個問題？

⛸ 此問題的目的，其實是要問「怎樣，進行得順利嗎？」而不是真的想知道你到底回答了幾題。

> 來自教練的建議：回答 No. 之後的補充說明更為重要。
>
> 　　針對對方的問題，回答完 No. 或 No, I didn't. 就結束的話，對方會以為「看來這個人並不想跟我講話」。例如針對本單元的第 2 題「你有看今天的新聞嗎？」，回答「沒有，我沒看」No, I didn't see the news.，就文法而言是對的，但是就會話禮貌上來說則不及格。請務必以「我沒看，因為很忙」之類的句子補上一句說明才好。當然，即使是回答 Yes.，之後的補充說明也一樣重要。

(1)　Did you have breakfast today?

Yeah.
有。

Breakfast is the most important meal.
早餐是最重要的一餐。

No.
沒有。

I skipped breakfast ... again.
我今天「又」省略早餐了。

(2)　Did you see the news today?

Yeah.
有。

There was an earthquake somewhere.
某個地方發生了地震。

No.
沒有。

I didn't have time this morning.
我今天早上沒有時間。

(3)　When you were a child, did you travel with your family?

Yeah.
有。

We traveled together every summer.
我們每年夏天都會一起去旅行。

Not really.
不算有。

We went to Hawaii once.
我們去過一次夏威夷。

(4)　When you were a child, did your family ever move?

Yes!
有啊！

I went to four elementary schools!
我上過四間小學喔！

No.
沒有。

I've lived in the same house all my life.
我一直都住在同一個房子裡。

來自教練的建議：怎樣才能引誘對方發言，好讓對話氣氛更熱絡呢？

用來「活絡對話」的句子並不只限於回問對方的問句。藉由進一步的補充說明，也能將發言權推向對方，並引導對方發言。例如針對本單元的第 1 題，若補充「得好好吃早餐才行」等句子，對方通常也會回應 Yeah. Me too. 之類的話。而針對第 3 題補充「我在夏威夷有些美好的回憶」等，對方也應該會接住你投來的球並回傳說 I'd love to go too.「我也好想去」之類的話。

How about you?
你呢？

I need to eat more regularly.
我必須更規律地用餐。

⑤ 誠如其義，important 是個重要的字，它代表了「關鍵的、重要的、必要的、不可或缺的」等意思。而 skip 是「省略」的意思。I need to ... 則表示「我必須～」。

Did you hear about it?
你有聽說嗎？

How about you?
你呢？

⑤ 即使被問到新聞相關問題，也不須使用困難的新聞英語。而談到某個新聞或八卦話題時，記得可用 Did you hear about it? 之類的話來回問對方喔。

How about you?
你呢？

I have good memories of Hawaii.
我在夏威夷有些美好的回憶。

⑤ 要表達 travel 的意思時，也可直接用 go 這個字。例如，「我去年去了歐洲旅行」，可說成 I went to Europe last year.。另外，trip 並非動詞，一般會以 go on a trip、take a trip 等片語來應用。

We moved because of my dad's job.
我們搬家是因為我爸的工作。

How about you?
你呢？

⑤ all my life 的意思是「至目前為止的人生一直都……」。而用 [I've lived + 某處 + 期間] 這樣的句型，可表達「我在～（某處）住了～（多久）的時間」之意。

5 Did you sleep well last night?

Yeah.
好。

I slept like a baby.
我熟睡得像個寶寶。

No.
不好。

I couldn't go to sleep at all.
我完全睡不著。

6 Did you e-mail a lot today?

No.
沒有。

I was too busy.
我實在太忙了。

Yeah.
是啊。

I e-mailed about ten people.
我寄了電子郵件給大約十個人。

7 Did you like your high school?

Yeah.
喜歡。

It wasn't strict.
學校並不嚴格。

Well ...
這個嘛……

I made some good friends.
我交了一些好朋友。

8 Did you go to college?

Yeah.
有。

But I didn't study a lot.
不過我很少唸書。

No.
沒有。

I started working after high school.
我高中畢業之後就開始工作。

9 Did you use English this week?

Well ...
嗯……

Someone asked me for directions.
有人向我問路。

No.
沒有。

No one speaks English around me.
我周圍沒有人講英語。

10 Did you answer all ten questions?

No.
沒有。

My mind went blank sometimes.
我的腦袋偶爾會一片空白。

Yeah.
有。

I want to do better next time though.
不過我希望下次能答得更好。

How about you?
你呢？

I don't know why.
我不知道為什麼。

ⓢ「睡翻了」、「睡死了」等都可用 sleep like a baby 來表達。而在會話中，I don't know why. 是個用來活絡對話的好句子。

How about you?
你呢？

It took three hours!
花了三個小時呢！

ⓢ「花了三個小時」的英文應以 It 做為主詞，說成 It took three hours.，千萬別漏了主詞 It。至於「花了～（多少）錢」則用 It cost ... 來表達。

Was your high school strict?
你的高中很嚴格嗎？

How about you?
你呢？

ⓢ「高中很自由」若說成 It was free. 也通，但用 It wasn't strict. 或 We didn't have a lot of rules. 比較能充分表達意思。若是有些猶豫，就把想到的都講出來吧！

I just had a good time.
我那時玩得很開心。

How about you?
你呢？

ⓢ 為了補充詳答將專有名詞搬出來，例如 I went to Cheng Kung University in Tainan City.，反而會造成反效果。請利用校園的特色、所學的課程等話題來發揮吧！

I panicked and couldn't say anything.
我很緊張，什麼都講不出來。

How about you?
你呢？

ⓢ ask ... for directions 是「向（某人）問路」的意思。若要回答「我偶爾會與朋友互通英文電子郵件」，可以說 I e-mail friends in English sometimes.。

So I'm going to try again.
所以我要再試一次。

You have more questions, right?
你還有更多問題要問，對吧？

ⓢ my mind 是「我的腦袋」的意思。至於 go blank 指的是「一片空白」。

Unit 4　Do you ...often?

來自教練的建議：利用這個
[Yes / No 量表]

Do you ...often?
問題的基本回答方式 ➡

often 並沒有嚴格定義為「多少次以上」。運用直覺快速回應才是最重要的。

肯定程度 ⬆
否定程度 ⬇

➤ **★★ Yes.**
強烈肯定。「就是這樣！」

➤ **★ Yeah.**
一般表示肯定時的說法

➤ **— Well ...**
不確定答案時。「嗯……」

➤ **★ Not really.**
並非如此的時候。「不太……」

➤ **★★ No.**
否定的時候。「不」

Round 1　首先　 簡答

MP3 20　**MP3 114**　問句＋回答

---

① **Do you watch TV often?**
你常看電視嗎？

猶豫不決該怎樣回答時，就先用 Well ... 回應，以爭取時間，接著再用補充的方式回答。雖然 often 這個字也可放在句子中間，但放在句子最後既安全又妥當。英語的字詞順序基本原則就是「S + V」，再於句尾加上代表「時間」、「地點」、「頻率」的詞。

② **Do you listen to music often?**
你常聽音樂嗎？

請利用 Yes / No 量表來擇一回答。若能以 3 階段的形式回應此問題，則遇到 What kind of music do you like? 等其他與音樂相關的話題時，肯定也都能輕鬆過關。

③ **Do you eat at home often?**
你常在家吃飯嗎？

若要回答「看情形」的話，請說 It depends.。若要詳細說明頻率，則可用 I eat at home three times a week.（我每周在家吃飯三次）之類的句子來表達。

④ **Do you watch movies often?**
你常看電影嗎？

電影是各國共通的日常會話主題之一。能將自己喜歡的電影種類、作品、演員，以及喜歡的理由等霹哩啪啦地說出來最好。

(5) Do you go to karaoke often?

你常去唱卡拉 OK 嗎？

karaoke [ˌkɑrɑ`oke] 現在已徹底成為一個英文單字了。在國外的大都市裡，多半也都有 karaoke bar。

(6) Do you use your cell phone often?

你常用手機嗎？

手機也是目前全世界共通的聊天話題之一。雖說用了 often 來問，可是實際上並非真的想知道你的使用頻率。而這句話的意思和 Do you talk on your cell phone often? 是一樣的。

(7) Do you go out with friends often?

你常和朋友出去玩嗎？

這個問題的本意為「你通常和朋友一起做什麼？」或「你和朋友們聚在一起時多半在幹嘛？」等。go out with friends 是「和朋友出去玩」的意思，雖說是「玩」，但在此並不用 play 這個字。

(8) Do you use taxis often?

你常坐計程車嗎？

在 Yes. 和 No. 之間游移不定時，就先回應 Well ... 吧！進行問答練習時，一旦加上時間限制，便能同時鍛鍊出會話所需的瞬間爆發力，所以我十分推薦這種方式。

(9) Do you travel by airplane often?

你常搭飛機旅行嗎？

這句和 Do you fly often? 意思相同。而由於不是要問你實際的搭機頻率，故請參考 [Yes / No 量表] 先快速簡答。接著若想再詳述頻率，就於下一回合接著說 I fly about ... per year.「我一年大約搭～次」即可。

(10) Do you use the Internet often?

你常上網嗎？

這個問題是要問「以怎樣的程度、怎樣的方式使用網路」。use the Internet 多半有生活上與工作上的目的。類似的表達方式還有 surf the Internet，意思就是瀏覽自己有興趣的網頁。

來自教練的建議：對於比較難的問題，切記不要回答得太嚴謹。

　　會話時經常會碰到一些不知該回答什麼的問題，因而有無法立即回應的狀況。本書所列出的問題，全都是實際上常遇到的真實問題，因此好好練習有益無害。例如第 3、7 和 10 題這些較難問題的回應秘訣，就是不要回答得太嚴謹。朝著易於回答的方向去說，就能輕鬆應對。

---

① Do you watch TV often?

No.
不常。

Sometimes I watch documentaries.
我有時會看紀錄片。

Yeah.
常看。

I always watch morning news shows.
我總是看晨間的新聞節目。

---

② Do you listen to music often?

Yeah.
常聽。

I like all kinds of music.
我喜歡各種音樂。

Well ...
嗯……

I listen to the radio while I work.
我工作時會聽收音機。

---

③ Do you eat at home often?

Yeah.
常常。

I only go to restaurants for special occasions.
我只在特殊節慶時去餐廳。

Not really.
不怎麼常。

I have breakfast at home.
我在家吃早餐。

---

④ Do you watch movies often?

Well ...
嗯……

I like going to the movie theater.
我喜歡去電影院。

Yeah.
常看。

I rent a DVD almost every week.
我幾乎每週都租 DVD 來看。

來自教練的建議：回覆 Well ... 時，到底是什麼意思呢？
請在詳答回合中誠懇地說出來吧！

　　猶豫不知該如何回答時，最好用的就是 Well ... 這句。請先用這句回應，再誠實地補充說明為什麼猶豫。以第 4 題為例，針對「你常看電影嗎？」回答了 Well ...，此時到底所指為何呢？「我喜歡到電影院看電影，但最近很少去。」像這樣的回答本來就無法用一句話就解釋完畢，正需要用 3 階段的形式才能完整傳達。

Do you like documentaries?
你喜歡記錄片嗎？

How about you?
你呢？

> sometimes 和 usually 都是表示頻率的副詞，而如本例所示，也可以用在句首。若放在句子中的話，多半接在動詞前或 be 動詞後。不過，要一邊想詞類一邊說話比較困難，所以最輕鬆的方式就是放在句首或句尾。

But I'm into jazz recently.
但我最近很迷爵士樂。

How about you?
你呢？

> 「沉迷於～／專注於～」等可用 I'm into ... 的句型來表達。要加上「最近／這陣子」的話，就在句尾接著說 recently 即可。而「各式各樣的音樂」就是 many kinds of music。

How about you?
你呢？

But I have lunch and dinner at restaurants.
但是我午餐跟晚餐都外食。

> 「外食」也可說成 I eat out.。for special occasions 則是「有特殊狀況時」，但其實就是「為了特殊節慶」的意思，不過你可以更隨興地運用此片語。

But I haven't been recently.
但最近都沒去了。

How about you?
你呢？

> 「最近都沒有做～」可用 I haven't ... recently. 來表達。rent 是指「向商店租借」，而「向朋友借（入）」則用 borrow，請不要跟 lend「借出」搞混了。

⑤ Do you go to karaoke often?

Well ...
這個嘛⋯⋯

I don't go as much as I used to.
我現在不像以前那麼常去了。

No.
不常。

I don't like to sing in front of people.
我不喜歡在別人面前唱歌。

⑥ Do you use your cell phone often?

Well ...
嗯⋯⋯

I only receive calls.
我只接電話。

Yeah.
常用。

It's really useful.
（手機）真的很方便。

⑦ Do you go out with friends often?

Yeah.
很常。

Usually we go to restaurants together.
我們通常一起去餐廳。

Not really.
不算很常。

But I go out with people from work.
但我會和同事一起出去。

⑧ Do you use taxis often?

Yeah.
常常。

I miss the last train a lot.
我經常錯過最後一班電車。

No.
不常。

Only when it rains.
只有下雨的時候（會坐）。

⑨ Do you travel by airplane often?

Not really.
不算很常。

I like to travel abroad though.
不過我很喜歡出國旅遊。

Yeah.
很常。

I fly on business mostly.
我多半是為了商務目的而搭飛機。

⑩ Do you use the Internet often?

Yes!
很常！

I couldn't live without the Internet.
沒有網路我活不下去。

Well ...
這個嘛⋯⋯

I e-mail a lot.
我很常使用電子郵件。

How about you?
你呢？

Unless I'm really drunk.
除非我真的醉了。

[unless + S + V] 就是 [除非 S + V] 的意思。而 I won't go unless you go. 則是「除非你去，不然我不去（＝你去我才去）」。

Making calls is so expensive!
打電話好貴！

How about you?
你呢？

receive 是「接電話」的意思，也可以用 get 這個字。而「價格貴」就是 expensive，「便宜」是 cheap 或 inexpensive。至於「方便」則用 useful 或 convenient。

How about you?
你呢？

Do you ever go out with people from work? 你會跟同事出去嗎？

「同事」或「公司裡的人」可用 people from work 來表達。而 colleagues 或 co-workers 這兩個字其實並不常用。

So I have to use them.
所以我非坐（計程車）不可。

How about you?
你呢？

國情不同，計程車的狀況也不同。想知道對方國家的計程車現況時，可用 What are taxis like in your country? 或 Are they different? 之類的句子來反問。

I go about once every two years.
我大約每兩年旅行一次。

How often do you fly?
你多常搭飛機呢？

「出國」可以說成 I go overseas / abroad.，或者講成 I visit foreign countries. 也行。

How about you?
你呢？

Do you e-mail often?
你常用電子郵件嗎？

a lot 有「經常」、「很多」、「大量」的意思。相對於使用範圍有限的 much 和 many 這兩個字，a lot 的應用範圍更廣、更方便。

來自教練的建議：從本單元開始，我們將進入 5W1H 句型的問題。

　　在此之前的各單元中，我們已練習了不少 Yes-No 型態的問答。而從 Unit 5 開始，要請各位練習 WH 型態的問答，但回答時的重點依舊不變。例如被問到「你是在哪裡出生的？」時，請用 Taiwan. 一字簡短回應，無須煩惱到底要用 I'm from ... 還是 I come from ... 的句型。若一時不知如何回應，就用 Well ... 或 I'm sorry. I'm not sure. 來回覆吧！

Round 1　首先　簡答

MP3 23　MP3 115　問句 + 回答

① Where's the bathroom?
洗手間在哪裡？

That way.
那邊。

I'm sorry. I'm not sure.
很抱歉，我不清楚。

> 在固定式問答中，我們已練習過被人問路時，要指出方向並立即回應 That way.。在此則請維持相同的節奏，挑戰以 3 階段形式進行回答。

② Where's a good restaurant near here?
這附近有好餐廳嗎？

Well ...
嗯……

Near the station.
車站附近有。

> 這是在旅程中，自己也用得到的問題。如果是被別人問到時，請先用方向或店名來回應，並接著於下一回合中補充說明。

③ Where's the nearest train station?
離這裡最近的火車站在哪兒？

Over there.
就在那兒。

That way.
那個方向。

> 這個問題也相當常見。請努力練習，直到能以 3 階段形式節奏明快地進行道路指引。

④ Where were you born?
你是在哪裡出生的？

Taiwan.
台灣。

Northern Taiwan.
台灣北部。

> 被外國人問到你在哪裡出生，或來自何處時，請先以國名，或像第 2 句回答例句那樣，用東西南北等大略的位置來回應即可。

(5) Where do you usually eat lunch?
你通常在哪裡吃午餐？

My desk.
我的桌子。

Restaurants.
餐廳。

被問到「在哪裡（做）～？」的時候，基本上都會先直接回覆地點名稱。但請別用專有名詞。若想回覆「沒有固定地點」，則用 It depends.。

(6) Where do you want to go for your next vacation?
下次休假你想去哪裡玩？

Italy.
義大利。

There are so many places.
有好多地方（我都想去）。

首先以想去的地名或國名簡答。不知道要去哪裡時，就說 Well ...，然後再接著補充 I'm not sure.。

(7) Where's a good place to visit in Taiwan?
台灣哪裡好玩呢？

Jiufen.
九份。

Well ...
嗯……

第一個回答例句，竟然批頭就講了個專有名詞。別說是九份了，大部分外國人對台灣著名的觀光地都不熟，所以稍後應接著補充說明。

(8) Where are the best hot springs in Taiwan?
台灣最棒的溫泉在哪裡？

In the north.
在北邊。

Well ...
嗯……

利用東南西北等方向回答出大致的區域，就能避開專有名詞。若是以專有名詞回覆，則應在下一回合補充說明。

(9) Where are the next Olympics?
下一次奧運在哪裡舉辦？

London.
倫敦。

Well ...
嗯……

這類問題只能以單單一個地名來回答。若是不知道答案，就以 Well ... I'm not sure. 這樣的句子來接續對話。

(10) Where did you get this book?
你在哪裡買到這本書的？

A bookstore.
書店。

An on-line store.
網路商店。

若是「不記得」，就回答 I don't remember.，至於「人家送我的」則可說 It was a present. 或 My friend gave it to me.。

來自教練的建議：道路指引時要解釋的所需時間與距離等，就在此回合說出來。

以 Where ...? 開頭的問句，通常都是用來問路的。而此時的最佳回應，就是像第 3 題的回答例句那樣，於簡答回合以言語和手勢指出大略方向，再於此詳答回合以 It's about three minutes from here. 這類的話來補充所需時間與距離。與其鉅細靡遺地正確說明，對對方來說，這樣回答反而比較有幫助喔！

---

① Where's the bathroom?

That way.
那邊。

It's on the right.
在右側。

I'm sorry. I'm not sure.
很抱歉，我不清楚。

I'll ask.
我幫你問問。

---

② Where's a good restaurant near here?

Well ...
這個嘛……

There's a good Italian restaurant called Olive.
有個很不錯的義大利餐廳叫「橄欖」。

Near the station.
車站附近有。

It's that way.
在那個方向。

---

③ Where's the nearest train station?

Over there.
就在那兒。

It's about three minutes from here.
距離這裡大約三分鐘。

That way.
那個方向。

Go straight about three minutes.
直走大約三分鐘。

---

④ Where were you born?

Taiwan.
台灣。

In a suburb of Taipei called Beitou.
在台北近郊一個叫「北投」的地方。

Northern Taiwan.
台灣北部。

But I moved to Hualien when I was eight.
不過我八歲時搬到了花蓮。

來自教練的建議：稍微推銷一下自己的意見來活絡對話。

　　針對如第 8 題「台灣最棒的溫泉在哪裡？」這種尋求資訊的問題，若提供了自己推薦的地點，則在活絡對話回合中就可嘗試表達 Doesn't that sound great?。這句直譯出來就是「我剛剛說的事物 (that) 聽起來很棒吧？」。而像這樣，能把自己的意見進一步推銷出去，以引誘對方做出反應，就稱得上是會話高手囉！

Shall I show you?
我帶你去吧？

Just a moment.
請稍等一下。

也可以指出方向就好。請練習以「從這邊過去大約幾分鐘」或「在左手邊」等逐步說明的方式來回答。

Do you like Italian food?
你喜歡義式料理嗎？

Shall I draw a map?
我幫你畫張地圖吧？

溝通本身就是一種合作關係，一邊確認彼此是否理解對方所傳達的訊息，一邊進行溝通。若能像回答例句這樣，依據對方的態度表情表示 Shall I draw a map? 的話，算是相當貼心。

It's called Formosa Boulevard Station.
那個車站叫美麗島站。

Then ask someone again, OK?
然後再找人問一下，好嗎？

這兩個回答例句都遵循了道路指引之 3 階段黃金規則的範例。此處所謂的黃金規則，就是 1. 指出方向、2. It's ... 指出所需時間、3. 做補充或確認。你也能以 3 階段形式進行道路指引了嗎？

How about you?
你呢？

It's in Eastern Taiwan.
在台灣東部。

被問到自己的出生地或居住地時，別只用 Taiwan. 回答就了事。回答到專有名詞時，必須像回答例句中的 in a suburb of Taipei 那樣，要有後文才行。而以有名的大都市為例來解說，會更清楚易懂。

5 Where do you usually eat lunch?

My desk.
我的桌子。

I usually bring my lunch to work.
我通常都帶便當。

Restaurants.
餐廳。

But sometimes I eat at home.
不過有時候會在家吃。

6 Where do you want to go for your next vacation?

Italy.
義大利。

I've been once.
我去過一次。

There are so many places.
有好多地方（我都想去）。

But I need time and money.
不過我沒閒又沒錢。

7 Where's a good place to visit in Taiwan?

Jiufen.
九份

It's a historic town in the mountains.
那是個歷史悠久的山中古城。

Well ...
嗯……

People always go to Taroko Gorge.
人們通常都去太魯閣。

8 Where are the best hot springs in Taiwan?

In the north.
在北邊。

You can enjoy hot springs in the mountains.
你可以在山中享受溫泉。

Well ...
嗯……

Almost all hot springs are wonderful.
幾乎每個溫泉都很棒。

9 Where are the next Olympics?

London.
倫敦。

But I'm not sure.
但我不是很確定。

Well ...
嗯……

There are the Summer and Winter Olympics.
有冬季和夏季奧運。

10 Where did you get this book?

A bookstore.
書店。

The title intimidated me.
這書名令我生畏。

An on-line store.
網路商店。

They delivered it to my house.
他們直接送貨到府。

   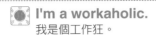
I'm a workaholic.
我是個工作狂。

How about you?
你呢？

workaholic 是「工作中毒」，即「工作狂」的意思，而 alcoholic 則指「酒精中毒」。

And I'm dying to go back!
我好想再去玩！

How about you?
你呢？

[I'm dying to + V.] 是「想做～想得要死」的意思，也就是「無論如何都想～」、「真的真的很想～」的意思。

It has great food, sites, and greenery.
那個地方東西好吃、古跡幽靜、綠地優美。

But what would you like to do in Taiwan?
不過，你想在台灣做些什麼呢？

既然「推薦了九份」，就有責任接著以短文好好補充說明其歷史文化，以及美好之處。有了補充說明，「簡答回合」所說的專有名詞才真正具有意義。

Doesn't that sound great?
聽起來很棒吧？

You can't go wrong.
你肯定不會去錯的。

Doesn't that sound great? 是在會話中，常用來問問對方的句子。that 是指到目前為止，你自己所說的所有內容，再配上「很棒吧？」這樣的問句來敦促對方表達同意之意。

Are you a big fan of the Olympics?
你是奧運迷嗎？

Which one do you want to know about?
你想知道哪一個？

雖已用單字簡答完畢，但對答案不是很有自信的話，就像此處的回答例句一樣，以 ... but I'm not sure. 的句型來表達。I'm a big fan of ... 則是「我很迷～」的意思。

But this is a good challenge for me.
但對我來說這是個很好的挑戰。

It's so convenient, isn't it?
真的很方便，你不覺得嗎？

intimidate 是「嚇唬～、使人害怕」的意思。deliver 是「配送」的意思。

Unit 6　What ...?

來自教練的建議：以 What 開頭的問句就是在請你提供資訊！

　　對於請求提供資訊的問句，就該直接了當地回答出資訊內容。不過，並不需要用完整的句子。例如，被問到喜歡哪個季節時，與其用 The season I like best is ... 這般完整的句子，不如直接了當地回應 Summer. 即可。另外，在此還是請注意專有名詞的使用，若碰到非用專有名詞不可的情況，請於前後句中安善補充說明。

Round 1 首先　簡答

MP3 26　MP3 116　問句 + 回答

---

1 **What season do you like best?**

你最喜歡哪一個季節？

Autumn.
秋天。

Spring.
春天。

> 世界上大多數國家都有四季，因此這種問題算是舉世通用。而答案除了四個季節外，也可以是 Christmas.「聖誕節」或 New Year's.「新年」等。

---

2 **I'm sorry ... What was your name, again?**

很抱歉，可以麻煩你再說一次你的名字嗎？

Zhi-Ming.
志明。

Wei-Ting.
緯婷。

> 人的名字聽一次沒聽清楚是很正常的，所以這樣的問句也很常見。What was ... again? 也就等於「你說～什麼來著？」

---

3 **What drink do you order at restaurants?**

你在餐廳都點什麼飲料？

Well ...
嗯……

Coffee or tea.
咖啡或茶。

> 請先以 Draft beer.「生啤酒」或 Wine.「葡萄酒」等單字做簡答。而「我喜歡北歐的啤酒」、「我喜歡紅酒勝於白酒」之類的話，則留待下一回合。

---

4 **What would you like to have for dinner tonight?**

你今天晚餐想吃點什麼？

Anything.
什麼都好。

Japanese.
日本料理

> 若想回答「一切交給你了」，就用 It's up to you. 。而這個句子實際上就是「依照你的喜好做決定就可以了」的意思。

---

⑤ What are you good at?
你擅長什麼？

🧤 **Well ...**
嗯……

🧤 **Maybe golf.**
高爾夫球吧。

> 🄢 若要表達自信但不自傲的謙遜態度，則用 [Maybe + ～ .] 或 Well ... 回應即可。不過若是在應徵工作的面試場合中，則不適合太含蓄，應該迅速明確的回答才好。

⑥ What kind of music do you like?
你喜歡哪一種音樂？

🧤 **Classical.**
古典樂。

🧤 **All kinds.**
各種都喜歡。

> 🄢 「古典樂」要用 Classical (music)，而非 Classic。

⑦ What subject did you like to study in school?
你喜歡學校裡學的哪個科目？

🧤 **Music.**
音樂。

🧤 **I don't remember.**
我不記得了。

> 🄢 想回答「沒什麼特別喜歡的」時，就說 Nothing in particular.。而開玩笑地回覆 Lunch.「午餐」或 Recess.「下課時間」也很不錯。

⑧ What websites do you usually check?
你通常會逛哪些網站？

🧤 **None.**
我沒在逛網站。

🧤 **News websites.**
新聞網站。

> 🄢 若是「娛樂資訊等網站」，就說 Entertainment websites.，「商業網站」是 Business websites.，而「購物網站」則是 Shopping websites.。

⑨ What kind of cell phone do you have?
你的手機是哪一種？

🧤 **An old one.**
舊型的。

🧤 **Uni-Phone.**
Uni-Phone 手機。

> 🄢 被問到此問題的話，大概非講專有名詞不可了。不過只要記得在下一回合中好好補充說明，就沒問題。

⑩ What Chinese festival do you recommend?
你比較推薦哪個中國節慶？

🧤 **The Moon festival.**
中秋節。

🧤 **They're all wonderful.**
都很棒。

> 🄢 像這種問題大概也避不開專有名詞吧！也請記得在下一回合做補充。若一時想不出答案，就用 Well ... 先撐個場面。

來自教練的建議:「無法一概而論」的時候,或
「依據~的不同會有所不同」的時候……

　　It depends. 這個句子之前也出現過,其意義即為「無法一概而論」。而 It depends on ...,則是「依據~的不同會有所不同」的意思。利用這類句型,就能向對方解釋在簡答回合中以 Well ... 回應的理由。像第 3 題,若回答 It depends on the food.,就能表達出「依據食物的不同,點的飲料也會不同」的意思。

1 What season do you like best?

Autumn.
秋天。

It's not too hot or cold.
不會太熱也不會太冷。

Spring.
春天。

But I suffer from hayfever.
但我深受花粉症所苦。

2 I'm sorry ... What was your name, again?

Zhi-ming.
志明。

It's a popular Taiwanese name.
這是很普遍的台灣名字。

Wei-ting.
緯婷。

Please call me Wei-ting.
請叫我緯婷。

3 What drink do you order at restaurants?

Well ...
嗯……

It depends on the food.
要看吃什麼菜。

Coffee or tea.
咖啡或茶。

Because I can get free refills.
因為可以免費續杯。

4 What would you like to have for dinner tonight?

Anything.
什麼都好。

If you're paying.
如果你請客的話。

Japanese.
日本料理。

But I'm flexible.
不過我是很有彈性的。

來自教練的建議：把自己的姓名清楚地傳達給對方！

專有名詞，尤其是外語，鮮少能一次就講清楚說明白，因此即使對方再次反問，也無需在意，請想盡辦法說明自己的名字吧！

在此推薦第 2 題中的 It's ..., like ... 這種表達方式。將名字接在 It's 之後，而 like 之後則接著舉例。

How about you?
你呢？

Do you suffer from it?
你也苦於花粉症嗎？

suffer from ... 是「受苦於～」的意思。另外也可簡單用 Do you have ...? 或 Do you get ...? 的句型來問。

It's difficult to pronounce, isn't it?
很難發音吧？

It's Wei-ting, like "I've been waiting for you."
就是我一直在等你 I've been waiting for you. 的 waiting。

popular 就是「普遍」，在此並非「受歡迎」的意思，而是等同於 common。至於 It's ..., like ～ 就相當於「……就是～的～。」這是引用其他字來做說明時的慣用句型。

I love good red wine with a nice steak.
我最愛好的紅酒配上高級牛排。

How about you?
你呢？

It depends on ... 是「依據～的不同會有所不同」的意思，而若只有 It depends.，則是「看情形」的意思。當無法立即回答時，也可利用這種句型來爭取時間。此外，refills 是指飲料的「續杯」。

If I pay, we'll have some delicious cup noodles.
如果是我買單的話，那我們就吃點美味的泡麵吧！

Do you feel like Japanese?
你想吃日本料理嗎？

If you're paying.「如果你請客的話」這個回答例句當然是在開玩笑，應該大家都會覺得好笑。另外，「什麼都行」也可以說成 Anything's OK.，而 feel like ... 是指「想（吃）～」。

5 What are you good at?

Well ...
嗯……

I'm studying accounting.
我學的是會計。

Maybe golf.
高爾夫球吧。

I play about twice a month.
我大約每個月打兩次。

6 What kind of music do you like?

Classical.
古典樂。

I especially like Mozart.
我特別喜歡莫札特。

All kinds.
各種都喜歡。

But I especially like Jazz.
但是我特別喜歡爵士樂。

7 What subject did you like to study in school?

Music.
音樂。

I played the violin.
我拉小提琴。

I don't remember.
我不記得了。

That was a long time ago.
那是很久以前的事了。

8 What websites do you usually check?

None.
我沒在逛網站。

Sometimes I check museums' websites.
我偶爾會逛逛美術館的網站。

News websites.
新聞網站。

So I stopped buying newspapers.
所以我不再買報紙了。

9 What kind of cell phone do you have?

An old one.
舊型的。

It's only three years old.
才用三年。

Uni -phone.
Uni -phone 手機。

The reception is pretty good.
收訊狀況很好。

10 What Chinese festival do you recommend?

The Moon festival.
中秋節。

We make a wish to the moon.
我們會向月亮許願。

They're all wonderful.
都很棒。

Most have music, dancing and fireworks.
大都會有音樂、舞蹈和煙火。

But I'm not good at it yet.
但我還算不上擅長。

Do you play golf?
你打高爾夫球嗎？

How about you?
你呢？

It makes me feel nostalgic.
讓我感覺到懷舊氣氛。

How about you?
你呢？

I think I enjoyed P.E.
我想我喜歡體育課吧。

If I see a good exhibit, I go.
要是有好展覽，我就會去看。

How about you?
你呢？

But it feels much older.
但感覺好舊。

How about you?
你呢？

It's a romantic festival.
那是個浪漫的節慶。

You can't go wrong.
肯定不會錯。

ⓢ 你也可以用 But I'm not good at it yet. 這樣的說法來表現謙遜，用不著為了進行英語會話而改變自己的個性。請別猶豫，就表現出你謙虛的態度吧！

ⓢ 很多人會把代表「特別」之意的 especially 放在句首，說成 Especially, I like ... 這樣的句子，這其實不太好。especially 要放在動詞之前，說成 I especially like ... 這樣才對。

ⓢ 雖然每一句都是國中程度的英文，但若能連續脫口而出，其實就是像樣的成人會話了。多數的人其實都是將這些簡單的句子串聯在一起，以進行溝通的。

ⓢ 一聽到 If ...，可能很多人就會覺得「假設句，好難喔」，但 if 除了用於假設句之外，也常用在「當～的時候」這類文意中。若能充分運用 if，將能大幅增加會話的廣度。

ⓢ 「已用了三年」可簡單說成 It's three years old. 。而這種說法可應用在物品、家、公司等方面。「我們公司自創設以來已經有三年」可說成 My company is three years old. 。

ⓢ 第 2 句回答例句無法用 How about you? 來回問，屬於較少見的例子。這種時候，除了左列例句外，也可回問 What do you think? 這句就相當於以「你認為如何？」這樣輕鬆的語氣來徵求對方意見、感想。

來自教練的建議：對於製造話題用的問句來說，回應的速度遠重於正確性。

　　以 When ...? 起頭的問句，雖然有些的確是用來問時間，但大部分其實是為了開啓對話而提出的。例如問到「你今天早上幾點起床？」，並不是真的很想知道你幾點起床而問的，所以請不用想東想西，要迅速回應才行。當然，要是記不得幾點起來的，就回覆 Well ... 或 I don't remember. 即可。

Round 1　首先　簡答　

① When did you get up this morning?
你今天早上幾點起床？

Around 11.
大約 11 點。
Nine!
9 點！

> 說明時間時，不需特地講明 a.m. 或 p.m.，因為根據前後文通常就能理解。而整點時間也不用加 o'clock。

② When was your last meal?
你上一餐什麼時候吃的？

Two hours ago.
兩小時前。
Around one.
1 點左右。

> 「～小時前」的「前」不用 before，而是用 ago。meal 是指「餐」。若是「今天還沒吃東西」，就說 I haven't eaten yet.，或 Well ...。

③ When do you usually go to bed?
你通常幾點上床睡覺？

Around midnight.
12 點左右。
Ten or 11.
10 或 11 點。

> midnight 是指「午夜 12 點」，而非「深夜」。若想表達「看情形或當時狀況」的話，就說 It depends.。

④ When do you usually eat dinner?
你通常幾點吃晚飯？

Around 9.
大約 9 點。
Seven.
7 點。

> 若要表達「工作結束後」，則說 After work. 即可。若晚餐時間不定，則在此回合可先以 Well ... 或 It depends. 簡答。

(5) When was the happiest time of your life?

你人生最快樂是什麼時候？

When my kids grew up.
我的孩子長大時。

Well ...
嗯……

若想回答「在我做～的時候」，就用 [When I + V.] 這種句型。若想表達「高中的時候」，則說 When I was in high school.。

(6) When is the best time to call you?

什麼時候打給你最方便？

It depends.
看情形。

Morning my time, evening your time.
我這邊早上，你那邊晚上的時候。

要表現「恰當的時期、適合的時間」等意思時，經常使用 the best time 這個片語。而此處的第 2 個回答，是所在地有時差的人的應答範例。

(7) When is your birthday?

你什麼時候生日？

August 10th.
8 月 10 日。

April 3rd.
4 月 3 日。

通常 When is your birthday? 這句問的不是你的年紀，因此一般都不會提到「出生年份」。當然，想講的話也無傷大雅。

(8) When do you use English?

你什麼時候會用到英文？

Sometimes at work.
工作上偶爾會用到。

At the train station.
在車站時。

若是「很少用到」，就說 Almost never.。而此處第 2 個回答例句，其實是 When I'm at the train station.「當我在車站裡的時候」的簡略說法。

(9) May I ask when your first kiss was?

我可以問你的初吻是什麼時候嗎？

No.
不行。

When I was 17.
我 17 歲的時候。

在難以啓口的問題之前加上 May I ask ...，就會顯得較有禮貌。若不故一切想問價格時，就用 May I ask how much this is? 這樣的句子。

(10) When did you buy this book?

你什麼時候買這本書的？

One week ago.
一週前。

Last month.
上個月。

若不知怎麼回答，也要回應 I'm not sure. 或 I don't remember.。千萬不能沒禮貌地不做反應。不發一語或畏畏縮縮是違反會話禮儀的。

來自教練的建議：請不要試圖找出正確答案，
輕鬆地回應 Sometimes ... 就好。

以 When ...? 開頭的問題，不見得都是為了求取正確無誤的資訊。很多時候只是閒聊罷了。但聽到 When ...? 這種問句，就想回答出正確資訊，因而講不出話來的人倒是相當多。這種時候，就要像第 8 題那樣，讓接在句首的 Sometimes 成為你的救命浮木。而配合 Otherwise, ...「除此之外～」來一起使用也很好。

① When did you get up this morning?

Around 11.
大約 11 點。

I sleep late on the weekends.
我週末睡到比較晚。

Nine!
9 點！

I was supposed to get up earlier.
我應該要更早起床的。

② When was your last meal?

Two hours ago.
兩小時前。

I had a light lunch.
我簡單吃了午餐。

Around one.
1 點左右。

I had a lunch box.
我吃了便當。

③ When do you usually go to bed?

Around midnight.
12 點左右。

I like watching news programs.
我喜歡看新聞節目。

Ten or 11.
10 或 11 點。

I put the kids to bed.
我把小孩送上床。

④ When do you usually eat dinner?

Around 9.
大約 9 點。

I'm an evening person.
我是習慣夜間活動的人。

Seven.
7 點。

I eat and watch TV.
我邊吃邊看電視。

來自教練的建議：也可以直接了當地詢問對方的真正動機喔！

像 第 9 題 May I ask you when your first kiss was? 這 句，被問到私人問題時，如果滿心狐疑對方為何要問這個的話，也可以用直接但有禮貌的語句來表達，例如說 Why would you like to know?。

當然，也可以運用應付講不出話情況的「救命 3 階段」：Well ... I'm not sure. How about you? 來緩頰。

How about you?
你呢？

But I overslept.
但我睡過頭了。

I was supposed to ... 這種句子通常含有「其實應該～的，但是卻～」這類後悔或罪惡感。而 sleep late 是「賴床睡到很晚」，oversleep 則是「睡過頭」。

How about you?
你呢？

I made it myself.
我自己做的。

針對第 2 句的回答例句，也可用 It's a ～ lunch box. 來補充說明是什麼樣的便當，對方搞不好會接著說 Tell me more.「再多說點」。

How about you?
你呢？

Then I finally have time to myself.
然後才終於有自己的時間。

put ... to bed 是「讓～睡著」的意思。put gas in my car 是「替車子加油」的意思，至於 put the garbage out 則是「把垃圾拿出去倒」。

How about you?
你呢？

Sometimes my family and I talk about the news. 有時我會和家人聊新聞。

an evening person 是指「習慣夜間活動的人」。反之，I'm a morning person. 則指「我是習慣晨間活動的人」。另外，「一邊～一邊～」這種句型若不用 While 來說，則可如此處例句用 and 來接。

(5) When was the happiest time of your life?

When my kids grew up.
我的孩子長大時。

My kids became my friends.
我的小孩變成了我的朋友。

Well ...
這個嘛……

Maybe when I was in high school.
也許是高中的時候吧。

(6) When is the best time to call you?

It depends.
看情形。

The best time on weekends is around 10.
週末的最佳時機是 10 點。

Morning my time, evening your time.
我這邊早上，你那邊晚上的時候。

Japan is 12 hours ahead of New York.
日本比紐約快了 12 小時。

(7) When is your birthday?

August 10th.
8 月 10 日。

It's in the middle of summer vacation.
剛好在暑假中。

April 3rd.
4 月 3 日。

The year is top secret.
年份則是最高機密。

(8) When do you use English?

Sometimes at work.
工作上偶爾會用到。

Sometimes I e-mail in English.
我有時候會寫英文的電子郵件。

At the train station.
在車站時。

Sometimes people ask me questions.
有時候會有人問我問題。

(9) May I ask when your first kiss was?

No.
不行。

I think that's a private question.
我覺得這是個私密的問題。

When I was 17.
我 17 歲的時候。

We were high school students.
我們當時是高中生。

(10) When did you buy this book?

One week ago.
一週前。

I'm reading it first.
我要先讀內容。

Last month.
上個月。

I've been practicing everyday.
我每天都在練習。

We talked and traveled together.
我們一起聊天、一起旅行。

How about you?
你呢？

maybe 的確定程度比「大概」還低一些，語氣近似於「～吧」。但若連續使用多次 maybe，容易給人隨便應付的感覺，請特別注意了。

But I'm never sure of my schedule on weekdays. 不過平日的時間我無法確定。

So how about around 7 p.m. your time?
那麼，你那邊晚上 7 點的時候如何？

I'm never sure of ... 是「對於～沒有把握」、「對於～總是無法確定」的意思。在有時差的情況下，請記得要在時間後加上 a.m. 或 p.m. 喔！

So I never celebrated with friends.
所以我從沒和朋友一起慶祝過。

How about you?
你呢？

The year is top secret. 也是讓大部分人都能會心一笑的小幽默。（附帶一提，我的生日是 4 月 3 日，The year is not important, right?「出生年份不重要，對吧？」）

How about you?
你呢？

Otherwise, I only use it if I travel abroad.
除此之外，就只有出國才會用到了。

「有時做～，有時做～」就用 [Sometimes S + V. Sometimes S + V.] 這種句型來表達。而 otherwise 這個字則可用來承接前面整個句子，表示「除此之外」的意思。另外，sometimes 當然也可放在句尾。

Why would you like to know?
你為什麼想知道這個？

That was a long time ago.
那是很久以前的事了。

被人詢問資訊時，回答 I think that's a private question. 來躲避也是個重要的手法。而 That was a long time ago. 的 That，是指前面所敘述的整件事。

I'll try the CD tomorrow.
我明天會把 CD 拿來聽聽看。

I hope I can finish it.
我希望能完成所有練習。

第 1 個回答例句是以「～前買了→現在在～→明天要～」這樣的時間順序邏輯來回應。第 2 個例句則採取「回答→敘述狀況→陳述願望」這種發展話題式的回覆。請作為你的 3 階段式回答參考吧！

Unit 8 Who ...?

來自教練的建議：被問到以 Who ...? 起頭的問句時，
請以姓名或與自己的關係做單句簡答。

遇到「～是誰？」的問句時，應直接以姓名，或者「我高中時代至今的朋友」之類的句子做簡答。若誰也不是，就說 No one.；若要回答「每個人」時，則說 Everyone.。這種問句，和以 Which ...? 開頭的問句有時意義相似，例如「哪一隊贏了？」可以說成 Who won? 也可說成 Which team won?。

 首先 簡答

MP3 32　MP3 118　問句 + 回答

1 Who cleans your house?
你家是誰負責打掃？

I do.
我。

My dad.
我爸。

> ⓢ 這裡 I do. 的 do 是承接代表「打掃」之意的 clean。而不說 I do. 而用 Me. 來回答也可以。那麼接下來的 10 題，請都在 1 分鐘內回答完畢吧！

2 Who is your favorite movie star?
你最喜歡的電影明星是誰？

Well ...
這個嘛……

Mike Long.
麥克·隆。

> ⓢ 以 Who ...? 起頭的問句大概很難不用專有名詞回答吧。不過，還是記得要好好補充說明，並在「活絡對話回合」向對方確認「你知道這個人嗎？」

3 Who is your favorite pro sports team?
你最喜歡的職業運動隊是哪一隊？

These days nobody.
這陣子沒有。

The La New Bears.
La New 熊。

> ⓢ 被問到 Who is your favorite ...? 「你最喜歡的～是誰？」時，若想回答「沒特別喜歡的」，就說 Nobody. 或 I don't have one.。

4 Who was your first girlfriend or boyfriend?
你的第一個女朋友或男朋友是誰？

Tim.
堤姆。

A girl in high school.
高中裡的某個女孩。

> ⓢ 若是「不記得了」，就先回覆 I don't remember. 或 Well ...。girlfriend/boyfriend 通常就指「情人」。

5 Who do you talk to on your cell phone?

你都用手機和誰講電話？

My boyfriend.
我男朋友。

My family and friends.
我的家人和朋友。

若是「很多人」的話，請回答 Lots of people.，若是「公司的人」或「同事」，就說 People from work.。

6 Who do you speak English with?

你都和誰講英文？

No one.
沒有人。

My English teacher.
我的英文老師。

被問到 Who ... with? 的句型時，回答並不需要用 with，只要說出「某某人」就可以了。在「簡答回合」中請勿浪費力氣，立即回應才是上策。

7 Who do you work for?

你替誰工作？

I don't work now.
我現在沒工作。

The Golden House Company.
金屋公司。

對於這種 Who ... for? 形式的問句，回答時也不需用 For ABC. 的句型。若是「自由業（自營）」的話，請回答 I'm self-employed.。

8 Who do you call when you're sad?

當你難過時會打電話給誰？

It depends on the sadness.
要看多難過。

Well ...
嗯……

若你的回答就是「我媽」或「我朋友」的話，請用 My mom. 或 My friends. 來回應即可。

9 Who did you vote for in the last election?

你上一次選舉投票給誰？

Mrs. Cheng.
鄭太太。

Well...
嗯……

即使遇到政治話題，也不需用艱深的詞彙。若不想回答，就說 It's a secret.「這是秘密」即可。在美國，碰到總統選舉時，這類問題出現的頻率就會變高。

10 Who do you admire?

你最崇拜誰？

My mom. 我媽。

Chen Shu-chu, the famous vegetable-selling granny(granma).
賣菜阿嬤陳樹菊。

若要表達「我沒想過」，可以說 I've never thought about it.。當然，回答 You!「就你啊！」來個徹底的玩笑也行。

> 來自教練的建議：以專有名詞回答後，一定要加上
> 人人皆懂的補充說明。

少用專有名詞是會話的基本原則。但碰到像 Who ...? 這類問句時，通常都不得不用專有名詞回答。而這種時候，在此回合補上簡單易懂的說明，就顯得格外重要。例如第 3 題，在回答完喜歡的職業隊名稱後，就應依據加一法則補充「是我們本地的職業棒球隊」這類簡單易懂的說明。

---

1 Who cleans your house?

I do.
我。

It's not that big.
房子沒有很大。

My dad.
我爸。

He moves like he's in his 20's.
他的動作和 20 來歲的小夥子沒兩樣。

---

2 Who is your favorite movie star?

Well ...
這個嘛……

I don't know who's popular now.
我不知道現在誰比較紅。

Mike Long.
麥克‧隆。

I love his movie, *Endless Winter*.
我喜愛他的電影「無盡寒冬」。

---

3 Who is your favorite pro sports team?

These days nobody.
這陣子沒有。

I used to support the New York Yankees.
我以前都支持紐約洋基隊。

The La New Bears.
La New 熊。

They're a pro baseball team near my hometown.
他們是我家鄉附近的職業棒球隊。

---

4 Who was your first girlfriend or boyfriend?

Tim.
堤姆。

We met at my part-time job.
我們是打工時認識的。

A girl in high school.
高中裡的某個女孩。

She was one year older than me.
她比我大一個年級。

來自教練的建議：要確認對方是否知道此話題時，就用這個句型！

　　對於 Who ...? 這類問句，即使以專有名詞回答並補充說明後，最好還能在此活絡對話回合中，確認一下對方到底知不知道。此時最適用的句型，就是 Have you heard of ...?「你聽過～嗎？」。像這種用法在第 2 題的回答例句中就出現了，而藉著這種回問句，就能確認對方的理解程度，並順利銜接到之後的會話。

So I finish it in 20 minutes.
所以 20 分鐘就打掃完了。

How about you?
你呢？

[not that + 形容詞] 是「沒那麼～」的意思。而 in 20 minutes 為「20 分鐘以內」的意思。此外，也可以用 within。

How about you?
你呢？

Have you ever heard of him?
你有聽過這個人嗎？

回答專有名詞之後，接著要好好補充說明，然後再用 Have you ever heard of him?「你聽過這個人嗎？」之類的句子來確認。若說 Do you know him?，則有「你認識他嗎？」的意思。

How about you?
你呢？

They're not very good these days though.
不過他們這陣子狀況不太好就是了。

support 是「支持、支援」的意思，英國人特別喜歡用這個字。另外，在句尾加上 though，就能表達「不過～就是了」的語氣。

We dated for about a year.
我們交往了大約 1 年。

How about you?
你呢？

「打工」的名詞是 part-time job，而 date 是動詞，代表「交往」的意思。至於「學長 / 姐」、「學弟 / 妹」就如回答例句中那樣，用 older 和 younger，也就是「較年長的人」和「較年輕的人」等詞來表達即可。

(5) Who do you talk to on your cell phone?

My boyfriend.
我男朋友。

Sometimes friends or my office call me.
有時朋友或公司會打給我。

My family and friends.
我的家人和朋友。

I use my cell more than my home phone.
我用手機的頻率比家用電話高。

(6) Who do you speak English with?

No one.
沒有人。

All my friends speak Mandarin.
我所有的朋友都說中文。

My English teacher.
我的英文老師。

Sometimes I speak to my brother-in-law.
我有時會跟我姊夫 / 妹婿講。

(7) Who do you work for?

I don't work now.
我現在沒工作。

I used to work for a bank.
我以前在銀行工作。

The golden house Company. 金屋公司。

It's a construction company.
是一家建築公司。

(8) Who do you call when you're sad?

It depends on the sadness. 要看多難過。

If I miss someone, I call that person.
要是我想念某人,就會打電話給他。

Well ...
嗯……

Usually I tough it out.
通常我會硬挺過去。

(9) Who did you vote for in the last election?

Mrs. Cheng.
鄭太太。

She won the election.
她當選了。

Well ...
嗯……

I didn't vote last time.
我上次沒去投票。

(10) Who do you admire?

My mom.
我媽。

She's had some hard times.
她曾吃過一些苦。

Chen Shu-chu, the famous vegetable-selling granny(granma).
賣菜阿嬤陳樹菊。

She donated almost everything she earned to the poor.
她所賺的錢幾乎都捐給了窮人。

 I send a lot of text messages too.
我也傳很多簡訊。

 How about you?
你呢？

 「手機簡訊」叫 text message。你也可以接在這句之後回問 Do you text message often?。

 How about you?
你呢？

 My sister married a man from Australia.
我姐姐 / 妹妹嫁給了澳洲人。

 「和～結婚」可用 get married to ... 或 marry ...。若是省略「和～」的部分，就說成 get married 即可。Let's get married. 就是「我們結婚吧」，而 I'm gonna get married. 則是「我要結婚了」的意思。

 Sometimes I miss working.
有時我很懷念工作的時候。

 How about you?
你呢？

miss 是指對人「想念」，或對物「懷念」之意。而 miss 還有另一個主要意義，就是「遺失～ / 漏掉～」的意思，如 I missed your call. 就是「我漏接了你的電話」。

 If I'm just disappointed, I don't call anyone.
如果我只是心情不好，我不會打電話給別人。

 How about you?
你呢？

這裡的 If ... 前面也出現過，是「當～的時候」之意。這類說法應可豐富你的補充祥答，故請充分運用自己的話來組織例句，並加以練習。另外，tough it out 則是「硬挺過去」的意思。

 She supports programs for children and the elderly. 她支持與老人和小孩相關的福利政策。

How about you?
你呢？

很多人都以為「福利 = welfare」，但其實依國家不同，用詞也不同。通常 welfare 只代表「失業給付」、「生活保障」等意義，而如本例中的 programs for children and elderly 也有「福利」的意思。

 But she is always happy and positive.
她總是積極又開朗。

How about you?
你呢？

She's had ... 是 She has had ... 的簡寫，為限在完成式。至於 hard times，則為「困苦的時期」之意。

來自教練的建議：針對 **How is / was ...?** 這類問句，
請先以形容詞簡答。

How is ...? 就是「～如何？」屬於探詢情境、狀態的問句；而 How was ...?「～怎麼樣了？」則是在詢問感想。像這兩種問句，都以形容詞簡答肯定不會錯。例如被問到 How's the weather in Taiwan now?「現在台灣的天氣如何？」就以 Good. 或 Bad.、Rainy.、Cloudy. 等單字回應即可。若有猶豫，則可先用 Well ... 來撐場面。請記得，最忌諱的就是不發一語喔。

Round 1 首先 簡答 　MP3 35　MP3 119　問句+回答

1. How was your day?
你今天過得如何？

OK.
還行。

Terrific!
棒透了！

> 第 1 句回答例句的 OK. 並不代表「肯定」，請特別注意，這通常用來表示「普通」、「還可以」之意。另外，so-so 也表示「不怎麼樣」的意思。

2. How was your weekend?
你的週末過得如何？

Well ...
這個嘛……

Busy.
很忙。

> 在新的一週開始時，朋友和同事之間經常會出現這類對話。而其回覆同樣用單字即可，沒必要用「我做了～」這樣完整的句子。

3. How's your family doing?
你的家人最近好嗎？

Good.
很好。

Great!
好極了！

> good 是運用範圍很廣的字。即使狀態稍稍欠佳，通常也會先回答 Good.，再用 But ... 接著說明。最常用來應對 How ...? 這類問句的就屬 good 這個字囉！

4. How's everything at work?
工作上一切都好嗎？

Good.
很好。

I don't work now.
我現在沒在工作。

> good 其實是個中性的字，並不一定真正表示「好」之意。因此，被這樣問到時，除非狀況實在很糟，不然一般都會回 Good.。

(5) How are you feeling today?

你今天感覺如何？

Good.
很好。

A little tired.
有點累。

> How are you feeling? 是用來詢問對方感覺的會話型問句，和問候型的 How are you (doing)? 不同。請用完整的 3 階段形式回答吧！

(6) How do you stay healthy?

你是怎麼維持健康的？

Well ...
這個嘛……

I exercise regularly.
我規律地運動。

> 此句雖然也是以 How ... 起頭的問句，但問的是「方法」。所以別用形容詞回答，而要將「自己用的方法」，以 [S + V.] 的句型先快速簡答才好。

(7) How's your eyesight?

你的視力如何？

OK.
還行。

Good.
很好。

> OK. 是「普通」，或「還好」的意思。比 Pretty good. 要差。而 so-so 有負面的意思，比 OK. 要差。

(8) How's the view from your room?

從你房間看出來的景色如何？

Well ...
這個嘛……

Pretty good.
還不錯。

> Pretty good. 是「還可以」的意思，很多人都誤以為這和 Very good. 同義。但其實 pretty good 的程度介於 good 和 very good 之間。

(9) How do you like your coffee?

你要怎樣的咖啡呢？

I don't drink coffee.
我不喝咖啡。

Black.
黑咖啡就可以了。

> 若要「加牛奶」就說 With milk.，若要「加糖加奶」則說 With cream and sugar.。

(10) How did you learn English?

你是怎麼學英文的？

I studied in school.
我是在學校學的。

I go to a conversation school.
我去英語會話班上課。

> 這句也是在問「方法」，因此要用 [S + V.] 的完整句子來回答才行。若是「聽廣播節目學的」則說 I study with an English radio program.。

來自教練的建議：無論是怎樣的問句，都務必以 Because ... 來思考。

　　在此讓我告訴你可輕鬆完成補充說明的秘訣吧！就是要時時心存「Why? – Because」的思考模式。也就是說，要一直以「是～，而原因是～」這樣的邏輯來思考。而這個訣竅並不限於 Why ...? 形式的問句。例如被問到第 2 題的「你的週末過得如何？」就可用「很忙，因為～」這樣的 Because 邏輯來補充。

1　How was your day?

OK.
還行。

I was swamped with calls and e-mails.
我被電話和電子郵件給淹沒了。

Terrific!
棒透了！

I met some old friends.
我和一些老朋友見了面。

2　How was your weekend?

Well ...
這個嘛……

I don't remember what I did.
我不記得我做了什麼。

Busy.
很忙。

I had to work on Saturday and Sunday.
我週六、週日都得工作。

3　How's your family doing?

Good.
很好。

Everyone's doing their own thing.
每個人都在做自己的事。

Great!
好極了！

My brother just started a new job.
我哥哥 / 弟弟剛換了新工作。

4　How's everything at work?

Good.
很好。

But my boss is always in a bad mood.
但我老闆總是心情不好。

I don't work now.
我現在沒在工作。

I used to work at Stonestown Department Store.
我之前在石鎮百貨公司工作。

來自教練的建議：**What do you recommend?**
這個句子在餐廳以外的情境也很好用喔！

　　被人用 How ...? 這類句型詢問方法時，若想不出什麼好主意，就回問 What do you recommend?「你推薦什麼呢？」這也是不錯的活絡對話方式。例如第 10 題「你是怎麼學英文的？」這類問句，應該經常在學習英語的外國人之間聽到，此時請用這句來回問，以探聽出更好的英語學習法吧！

How about you?
你呢？

We haven't seen each other for nine years! 我們 9 年沒見了！

> I was swamped with ... 是「被～淹沒／疲於應付～」的意思，而 swamp 本來指「沼澤」。

How about you?
你呢？

I haven't done that for a long time.
我很久沒那樣做了。

> I had to ... 是「我必須～」的意思。

How about your family?
你的家人呢？

My parents are traveling abroad now.
我父母現在正在國外旅遊中。

> 第 2 句的「剛換了新工作」，並不需要使用完成式，過去式可應用的範圍其實很廣。

I think his girlfriend dumped him.
我想他女朋友甩了他。

How about you?
你呢？

> dump 是動詞，為「拋棄、丟掉」的意思。至於自己的工作經歷，則可用 [I used to work at 某處] 的句型來表達。

5 How are you feeling today?

Good.
很好。

But I had a runny nose all day.
不過一整天鼻水流個不停。

A little tired.
有點累。

I need to rest this weekend.
我這個週末須要休息一下。

6 How do you stay healthy?

Well ...
這個嘛……

I don't do anything special.
我沒做什麼特別的事。

I exercise regularly.
我規律地運動。

I walk as much as possible.
我盡量多走路。

7 How's your eyesight?

OK.
還行。

I wear contacts.
我戴隱形眼鏡。

Good.
很好。

I've never worn glasses.
我從沒戴過眼鏡。

8 How's the view from your room?

Well ...
這個嘛……

I don't really have a view.
幾乎沒有景色可言。

Pretty good.
還不錯。

The view at night is especially nice.
夜景特別美。

9 How do you like your coffee?

I don't drink coffee.
我不喝咖啡。

I prefer tea.
我比較喜歡茶。

Black.
黑咖啡就可以了。

I really like espresso.
我真的很喜歡濃縮咖啡。

10 How did you learn English?

I studied in school.
我是在學校學的。

But they didn't teach speaking skills.
但學校沒教會話技巧。

I go to a conversation school.
我去英語會話班上課。

I've been going for almost two years.
我已經學了快兩年。

I think I have a cold.
我想我感冒了。

How about you?
你呢？

🔊 all day 就是「一整天」。而 I have a cold. 是「我感冒了」的意思。這種說法比 catch a cold「染上感冒」用途更廣。至於 rest 則是「休息」之意，而「休息一天沒去上班」就說成 have a day off。

How about you?
你呢？

And I always eat regularly.
而且飲食也很規律。

🔊 Well ... I don't do anything special. 這種回答非常好用，大部分的問句都能應付。而遇到這種回答內容較少的情況，請記得要用 How about you? 來回問對方。

I'm near-sighted.
我近視眼。

But I might need them someday.
但也許哪天我會需要眼鏡。

🔊「近視」就是 near-sighted，「遠視」則是 far-sighted。而 I might ... 是「我可能會～」之意，像這種意義的 might 很常用到，所以最好能想出屬於自己的例句，並練習說出來。

I'm surrounded by buildings.
周圍都是大樓。

How about you?
你那邊呢？

🔊 especially 這個字像本例這樣接在形容詞之前，就是「特別～」的意思。而一般句子最好別用 Especially 來開頭。另外，I'm surrounded by ... 是「被～包圍」的意思。

How about you?
你呢？

Iced coffee is nice in the summer too.
夏天的話，冰咖啡也不錯。

🔊 I prefer tea. 也可說成 I like tea better.。在這類對話中，一旦猶豫了，就會功敗垂成，所以選擇簡單的講法，快速順暢地回覆才是最重要的。

What do you recommend?
你有什麼好方法嗎？

But it's not doing much good.
但效果並不是很好。

🔊 今後，各位和母語非英語的人以英語溝通的機會應該越來越多，因此可用 What do you recommend?，亦即「你的英語學習法是什麼呢？」這句來回問對方。

Unit 10 What do you do ...?

Round 1 首先   簡答

MP3 38 MP3 120 問句 + 回答

1 What do you do for fun?
你都做什麼休閒娛樂？

I go out with my boyfriend.
和男朋友約會。

I like to watch movies.
我喜歡看電影。

> go out with ... 是「和～出去」，也就是「和～約會」的意思。而「和～出去玩」也是這樣表達，記得不用 play，而要用 go out。

2 What do you do for a cold?
感冒時你都怎麼辦？

I sleep a lot.
多睡覺。

I always take medicine.
我一定會吃藥。

> 若要回答「我吃稀飯」，就說成 I have soup with rice in it.。接著再用 It's like risotto.「有點像義大利燉飯的東西」來補充說明更好。

3 What do you do to celebrate the New Year?
你會做什麼來慶祝新年呢？

I enjoy traditional Chinese food.
享受傳統中國菜。

I get together with relatives.
和親戚相聚。

> 「傳統中菜」說成 traditional Chinese food 即可。

4 What are you doing tomorrow?
你明天要做什麼？

Nothing special.
沒什麼特別的。

I'm working all day.
工作一整天。

> 此問句以現在進行式來表達較接近的未來，而回答時也用現在進行式。要表達未來的事情時，可利用 [I'm going to + V.] 的句型。

5 If you won a million dollars, what would you do with it?

如果你中了一百萬美金，會拿它來做什麼？

I'd give some to my kids.
我會給我的孩子一些。

I'd buy a convertible.
我會買台敞篷車。

「如果～的話，你會怎麼做呢？」是假想不同於現實狀況的問句。而 I'd ... 就是 I would ... 的縮寫，亦即「我應該會～」的意思。

6 If the world were to end tomorrow, what would you do now?
如果明天就是世界末日，你現在想做什麼？

I'd be with my family.
我會跟家人在一起。

I'd quit my diet.
我會停止減肥。

這句雖然不是很常聽到，但若由自己主動提出此問句，或許會滿有趣的。而對方應該也會回問同樣的問題吧。

7 If you could be invisible, what would you do?
如果可以隱形，你想做什麼？

I'd go to Disneyland for free.
我會免費進入迪士尼樂園。

I'd become a spy.
我會當間諜。

for free 是「免費」、「不用錢」的意思，比 No pay. 更為自然。而說成 I wouldn't pay.「我不會付錢的」當然也通。

8 Tell me about yourself.
談談你自己吧。

I'm Betty Hollins.
我是貝蒂‧荷林斯。

I'm Eason Chu.
我是朱伊森。

在面試、研討會會場等地點，與初見面的人相互自我介紹時，應該有機會聽到這句。此時請從 [I'm + 姓名.] 的句型開始回答。

9 Tell me about your watch.
請介紹一下你的手錶。

Well ...
嗯……

My dad gave it to me.
這是我爸爸送給我的。

這句的目的，其實是想建立聊天話題，而非真的想鉅細靡遺地了解你手錶的來龍去脈。

10 Tell me about your family.
談談你的家人吧。

My family's from central Taiwan.
我的家族來自中台灣。

I have an older brother.
我有個哥哥。

被這樣問到時，請先以 [S + V.] 的句型回答你來自何處，以及家族成員有哪些人。而這種問句，通常在會話有所進展後，就會冒出來。

> 來自教練的建議：請熟記兩種類型的自我介紹吧！
>
> 英語的「自我介紹」，一般以 Hi + I'm ... + 握手 + Nice to meet you. 來開始，與此相對的句子，正是 Tell me about yourself.。被人這樣問到時，就以第 8 題的方式，在報上自己的姓名之後，再補充說明如家庭成員（和誰住在一起等）以及工作內容等部分。

①　What do you do for fun?

I go out with my boyfriend.
和男朋友約會。

We saw a play together last week.
我們上禮拜去看了一齣戲。

I like to watch movies.
我喜歡看電影。

And I play video games.
還有打電動。

②　What do you do for a cold?

I sleep a lot.
多睡覺。

And I stay warm.
並做好保暖工作。

I always take medicine.
我一定會吃藥。

Some people like to heal naturally.
有些人喜歡採取自然痊癒的方式。

③　What do you do to celebrate the New Year?

I enjoy traditional Chinese food. 享受傳統中菜。

Especially "nian cai," the food eaten during the lunar new year. 特別是農曆新年期間吃的「年菜」。

I get together with relatives. 和親戚相聚。

We play mahjong.
我們會打麻將。

④　What are you doing tomorrow?

Nothing special.
沒什麼特別的。

I just have my normal schedule.
就跟平常日子一樣。

I'm working all day.
工作一整天。

A big deadline is approaching.
有個大案子的截止日期快到了。

來自教練的建議：利用補充說明的機會，
進一步種下新的話題種子吧！

　　此回合基本上就是要反問對方。不知該問什麼時，就用 How about you? 或 What do you think?。其次，也可進一步再做補充說明，而此時正是種下新話題種子的好機會。如第 1 題回答例句的 We're in love. 應該就能引發 That's SO romantic!「好浪漫喔！」或 Where did you meet?「你們在哪裡認識的？」等新話題。

We're in love.
我們戀愛了。

How about you?
你呢？

英文文法的最大原則就是 [S + V.]，然後再於句尾加上「地點」、「時間」、「頻率」等。只要是依據此基本規則自行組合出的英語句子，大部分都能達意喔。

What do you recommend?
你有什麼建議呢？

How about you?
你呢？

Some people ... 是「有些人～」的意思。利用這種句型列舉出多項內容，就能表達出「有的人會～、有的人則會～」這種語句。

Have you ever experienced New Year's in Taiwan? 你有在台灣過過年嗎？

But I went to London with my friends last year. 不過我去年跟朋友去倫敦玩了。

Have you ever experienced New Year's in Taiwan? 是個將發言權順水推舟轉給對方的「活絡對話」絕佳好例，比 [Do you know 台灣文化？] 這種問句要更為自然。

How about you?
你呢？

I'm working late everyday this week.
我這週每天都加班到很晚。

說明「截止期限迫在眉睫」後，接著以 It's like a tiger.「好可怕呢」之類的句子來開玩笑也不錯。若能用英語表達真實的自我，應該會很開心吧。

5　If you won a million dollars, what would you do with it?

I'd give some to my kids.
我會給我的孩子一些。

And I'd save as much as possible.
然後盡可能都存起來。

I'd buy a convertible.
我會買台敞篷車。

I'd eat out every night.
每晚都出外吃大餐。

6　If the world were to end tomorrow, what would you do now?

I'd be with my family.
我會跟家人在一起。

And I'd call my relatives.
還會打電話給親戚。

I'd quit my diet.
我會停止減肥。

I'd get a lot of money from a loan company.
我會跟貸款公司借很多錢。

7　If you could be invisible, what would you do?

I'd go to Disneyland for free.
我會免費進入迪士尼樂園。

I'd skip all the lines.
跳過所有排隊的隊伍。

I'd become a spy.
我會當間諜。

I'd see if people talked about me.
看看是不是有人在談論我。

8　Tell me about yourself.

I'm Betty Hollins.
我是貝蒂‧荷林斯。

I live with my husband and children.
我跟我先生和小孩同住。

I'm Eason Chu.
我是朱伊森。

Please call me Eason.
叫我伊森就可以了。

9　Tell me about your watch.

Well ...
嗯……

I got it in Paris.
我的錶是在巴黎買的。

My dad gave it to me.
這是我爸爸送給我的。

It's kind of old and worn out.
有點老舊了。

10　Tell me about your family.

My family's from central Taiwan.
我的家族來自中台灣。

I live by myself in Taipei though.
不過我自己一個人住在台北。

I have an older brother.
我有個哥哥。

My mom and dad are divorced.
我爸媽已經離婚了。

How about you?
你呢？

🔵 像 go on a cruise 這種 [go on + 快樂的事] 的句型，就代表「去做～」的意思。而除了 cruise 之外，也常用 date、trip、picnic 等。

And I'd go on a luxury cruise around the world. 然後坐豪華郵輪環遊世界。

How about you?
你呢？

🔵 你也用 [I'd + V.] 這種句型，說出明天就是世界末日時自己想做的事吧！英語就是要自己造句自己說，才能真正蓄積成為自己的能力。

And I'd spend all the money.
然後把錢全部花光。

How about you?
你呢？

🔵 skip 是「跳過」的意思，在此為「插隊」之意。而由於是 skip all the lines，因此就等於大方地「插隊到最前面」之意。

I'd investigate a lot of things.
我會調查很多事情。

I enjoy gardening and traveling.
我喜歡園藝和旅行。

🔵 在報上姓名之後，多半會接著說明家族成員或工作相關的內容。在活絡對話回合中，也可用表達「能與各位相識，我深感光榮」之意的 I'm happy to be here. 或 Nice to meet you. 等句子來結尾。

I'm a 27-year-old company employee.
我是 27 歲的上班族。

What do you think?
你覺得呢？

🔵 What do you think? 是以輕鬆徵詢對方意見的方式來做為回問句。以此例來說，和回問 How do you like it? 意義相同。另外，worn out 是「破破爛爛、陳舊」之意。

Tell me about YOUR watch.
談談「你的」手錶吧。

Tell me about YOUR family.
談談「你的」家人吧。

🔵 在本例的詳答回合中，通常會回答和誰一起住，而 by myself 就是指「一個人住」。要表示「靠自己/自己一人」時，用 myself 這個單字即可。

We live with my mom and see my dad on weekends. 我們跟媽媽住，而週末會去看爸爸。

來自教練的建議：怎樣才能更輕鬆地回答 Why ...? 類型的問句呢？

針對 Why ...? 類型的問句，以 Because ... 的句型來回答算是正統派，但在實際的日常生活對話中，省略 Because，直接將「理由」說出來的情況更多，而且這樣也比較能輕鬆地回答出來。不過，也常會有一時想不出答案的狀況，這種時候就回答 I'm not sure.「我不清楚」或 I'll think about it.「我會想想看」即可。

Round 1 首先 簡答

 MP3 41 MP3 121 問句 + 回答

(1) Why did your parents give you your name?
你的父母為何幫你取這個名字？

- **I'm not sure.**
  我不清楚耶。
- **They named me after my uncle.**
  他們依據我叔叔的名字來命名的。

> 命名由來也是常見的話題之一，可用 It means ...「意思是～」之類的句型來回應。而 name ... after ... 是「依據～來命名」之意。

(2) Why did you decide to learn English?
你為什麼想學英文呢？

- **I had to learn it in school.**
  學校規定非學不可。
- **Firstly, it's the international language.**
  第一，因為它是國際語言。

> 像本例第 1 個回答例句這樣，省略句首的 Because 也是行得通的。而 Firstly, ... 這種用法，可方便我們一邊說一邊整理思緒。

(3) Why did you decide to live where you live now?
你為何決定住在目前的地方？

- **I like the area.**
  我喜歡這個區域。
- **I was renting before.**
  我之前是用租的。

> 這個問句的本意，其實是「請說說看你住的地方是怎樣的地方」。不用覺得非解釋出什麼理由不可，只要輕鬆地回應就好。

(4) Why did you decide to wear that outfit today?
你今天怎麼會想穿這套衣服呢？

- **I had a meeting.**
  我有個會要開。
- **Well ...**
  這個嘛……

> 這種問句有時也會用來表達「你今天真漂亮 / 真帥」的意思。若沒有特殊理由時，請回覆 There's no special reason. 或 Well ...。

(5) Why don't we have lunch together?
一起吃個午飯吧？

> **Why not?**
> 好啊。
>
> **Well ...**
> 嗯⋯⋯

> 此句表示「一起（做）～吧！」，是邀請對方時的固定說法，而非真的在問「你為什麼不做～呢？」

(6) Why don't I give you a massage?
我幫你按摩一下吧？

> **Well ...**
> 這個嘛⋯⋯
>
> **OK.**
> 好啊。

> Why don't I ...? 不是「為什麼我不～？」的意思，而是表示「我幫你～吧！」這類意思的固定說法。另外，針對這種問句若要回答「下次吧」的話，就說 Maybe later.。

(7) Why don't people tip in Taiwan?
在台灣，大家為何不付小費？

> **That's a good question.**
> 這是個好問題。
>
> **It's against Taiwanese values.**
> 這與台灣人的價值觀相衝突。

> 第 7 ~ 9 題，是對方將自己單純的疑問提出，並徵詢你的意見。若很難回答時，就說 That's a good question. 即可。至於 values，在此為「價值觀」之意。

(8) Why do adults read comics?
為什麼大人也看漫畫？

> **They're interesting.**
> 因為漫畫很有趣。
>
> **I'm not sure.**
> 我不清楚。

> 這種問題經常有人提出，最好能多加練習。

(9) Why do so few Taiwanese people speak English?
為什麼能講英語的台灣人這麼少？

> **Because they don't need it.**
> 因為他們不需要講。
>
> **The English education system is to blame.**
> 一切都怪英語教育系統。

> 當然，你也可以委婉地反駁「實際上，能講英文的台灣人也不少啊」Actually, a lot of Taiwanese people speak English!。

(10) Why did you get this book?
你為什麼要買這本書？

> **To improve my English.**
> 為了增進英語能力。
>
> **For a challenge.**
> 為了增加挑戰。

> 由於此句問的是目的，所以請用 [To + 動詞 .] 或 [For + 名詞 .] 的句型來簡單表達「為了～」之意。

來自教練的建議：針對 Why ...? 這類問句，若有多個理由要回答時，可採取 Firstly, ... Secondly, ... 的形式。

　　針對詢問理由的 Why ...? 這類問句，其實並不需要嚴格地以邏輯完整的話來回覆。但若碰到理由不只一個的情況時，可採取 Firstly, ... Secondly, ...「第一～，第二～」這樣的回答方式，將句子接續起來回答。而若無法明確解釋出理由時，就像第 4 題的回答例句那樣，以 I didn't think about it much.「我沒仔細想過」來補充說明也是不錯的方法。

---

(1)　Why did your parents give you your name?

I'm not sure.
我不清楚耶。

I'll ask them.
我會問問他們。

They named me after my uncle. 他們依據我叔叔的名字來命名的。

He's really nice.
他人很好。

---

(2)　Why did you decide to learn English?

I had to learn it in school.
學校規定非學不可。

I had no choice.
我沒有選擇的餘地。

Firstly, it's the international language.
第一，因為它是國際語言。

Secondly, I already learned some in school.
第二，我在學校已經學了一些。

---

(3)　Why did you decide to live where you live now?

I like the area.
我喜歡這個區域。

And I like the atmosphere.
也喜歡這裡的氣氛。

I was renting before.
我之前是用租的。

But the rent was expensive.
但租金很貴。

---

(4)　Why did you decide to wear that outfit today?

I had a meeting.
我有個會要開。

So I had to wear this.
所以我得這樣穿。

Well ...
這個嘛……

I didn't think about it much.
我沒仔細想過。

來自教練的建議：依據不同主題，有時也需事先準備好 3 階段形式的答案。

剛到國外求學時，會一天到晚被問「你為何選擇來這個國家呢？」一開始一般人會很認真地思考再回答，但被問久了，就會不知不覺地把答案給定型化，之後一被問到便能立刻回覆。以本單元而言，第 1~3 題是與外國人進行溝通時，真的很常出現的問題。建議你適度地先以 3 階段形式準備好答案，屆時會比較方便喔。

How about you?
你呢？

He always remembers my birthday.
他總是記得我的生日。

Ⓢ 若不知此 Why ...? 句型所問問題的答案，則回覆 I'll ask them.「我會問問他們」也是個辦法。而若要回答「我媽幫我取的」，就說 My mom gave me my name.。

But I hated English in school.
但我在學校時痛恨英文。

Thirdly, learning is fun sometimes.
第三，學習有時是很有趣的。

Ⓢ 也可利用和 Firstly, ... Secondly, ... Thirdly, ... 邏輯相同的 First, ... And ..., Also, ... 這種句型來回答。有些人認為用 And 或 But 開頭的句子不太好，但其實根本沒這回事。

How about you?
你呢？

So I decided to buy an apartment.
所以我決定買間公寓。

Ⓢ atmosphere 是「氣氛」的意思，這個詞常用在家、咖啡廳、辦公室和大學等場所。而 rent 作為動詞時，是「租借房子等物品」之意，作為名詞時則指「租金」。

How do you like it?
你覺得如何呢？

I just grabbed it from my closet.
我只是順手從衣櫃裡拿出來就穿了。

Ⓢ so 是很重要的連接詞，用來承接前面說的所有內容，表示「因此～」的意思。這種句法雖然很單純，但邏輯卻很清晰。若要學會這種用法，就要自己想出連續的文句才行。另外，grab 是「抓住」的意思。

5 Why don't we have lunch together?

Why not?
好啊。

I'll be ready in 20 minutes.
我 20 分鐘可以準備好。

Well ...
嗯……

I have plans today.
我今天有事。

6 Why don't I give you a massage?

Well ...
這個嘛……

I'm OK.
不用了。

OK.
好啊。

My shoulders are stiff.
我的肩膀僵硬。

7 Why don't people tip in Taiwan?

That's a good question.
這是個好問題。

It might be a good idea.
付小費或許是件好事。

It's against Taiwanese values.
這與台灣人的價值觀相衝突。

Taiwan values equality.
台灣崇尚平等。

8 Why do adults read comics?

They're interesting.
因為漫畫很有趣啊。

The contents aren't only for kids.
那些內容並非只針對兒童。

I'm not sure.
我不清楚。

I like comics in the newspaper.
我喜歡報紙上的漫畫。

9 Why do so few Taiwanese people speak English?

Because they don't need it.
因為他們不需要講。

It's not essential for everyday life in Taiwan.
英語在台灣的日常生活中並非必要。

The English education system is to blame.
一切都怪英語教育系統。

Only the best students speak it well.
只有最好的學生英語才說得好。

10 Why did you get this book?

To improve my English.
為了增進英語能力。

I want to become fluent in English.
我想要說流利的英語。

For a challenge.
為了增加挑戰。

It looked difficult at first.
一開始看起來似乎很難。

Is that OK?
這樣可以嗎？

How about tomorrow?
明天如何？

S. [in + 時間] 這種句型，若用的是未來式，就代表「～之後」的意思。不可以用 after 這個字。而第二個回答例句之所以可用 How about ...? 這種句型來表達邀請之意，是因為有「今天不行」這句前文存在，否則一般來說是不能用這句來起頭的。

Thank you for offering though.
不過還是謝謝你的好意。

Would you massage my shoulders?
你可以幫我按摩肩膀嗎？

想要徹底回絕「我幫你～吧」這類提議時，可以直接用 No, thanks.，不過若是想委婉地拒絕的話，先以 Well ... 來含糊其辭，再說出 No, thanks. 會比較理想。

What do you think?
你認為呢？

Also it's too much trouble to decide the tip amount.
而且還要決定給多少小費，實在是太麻煩了。

S. It might be ... 就是「應該是～吧」之意，在沒有 100% 的信心卻要陳述意見時，用這類句子最為合適。而 Taiwan values equality. 的 value 是動詞，指「以～為價值所在 / 重視～」之意。

Have you ever read one?
你有看過嗎？

And I used to read a comic about a female lawyer.
我以前看過一部描寫女律師的漫畫。

S. 現在完成式最重要的應用，是在像 Have you ever read one? 或 Have you ... recently?「你最近有～了嗎？」這類詢問經驗的句子中。只要習慣了這種句型，一定就能擴大會話的廣度。

In fact, some don't even need English to travel abroad.
事實上，有些人連出國旅行都用不到英文。

It hasn't changed that much in the last 20 years.
這情況 20 年來都沒什麼變化。

S. not ... that much 就是「～沒那麼多」之意。

That'd be cool.
那就太棒了。

But I understand how to speak now.
但我現在知道該怎麼說英文了。

S. That'd be ... 是 That would be ... 的縮寫，而其中的 That 是指前面那句的內容，以本例來說，就是指「說流利的英語這件事」。另外，cool 是「酷、帥」，用來形容天氣時，則為「涼爽」之意。

你是保齡球型？還是籃球型？

　　若用體育活動來比喻台灣和美國的會話型態，可說就是保齡球與籃球的差別。在台灣，若有哪個人先開口說了話，比較少人會「阻擋」，通常大家都是乖乖聽到完畢為止。即使在發言中，有些聽不懂或無法認同的部分也都會先忍住，直到一個段落為止。有許多人還會不斷「嗯嗯嗯」地邊聽邊點頭。故以體育活動來譬喻，就是保齡球型。每個人依序上場，而周圍的人只能旁觀並為對方加油而已。

　　相對地，美國（還有一些英語系國家亦然）的溝通形式則為籃球型。某人在說話時，若其他人有疑問，或是有難以認同的地方，就會馬上阻擋，並搶走對方手上的球。有的人甚至在把球搶走後，還會一直拿著不放。從防守的地位180度立刻轉換成攻擊的一方。

　　雖然說這兩種型態沒有孰是孰非，但是為了讓溝通順利成功，充分掌握雙方所採取的對話形式，也是一大關鍵所在。

　　若採取保齡球型，就不能半路阻攔，而得在一旁支持，直到聽完對方的發言才行（這對我來說相當困難）。而採取籃球型對話時，就有義務要動態地回應對方。遇到聽不懂的話時，就要立即反應 "Sorry?"「抱歉，你說什麼？」或 "What's ~ ?"「～ 是什麼？」，將不懂的地方用嘴巴問出來。

　　有趣的是，實際上也有籃球型的台灣人，也有許多保齡球型的美國人。那麼你是哪一型的人呢？

Chapter 3

進階句型特訓

　　本章所提出的問題，在文法上比基礎句型特訓要稍微進階一些。但即使是本來不擅長的句型，只要在同一單元中練習 10 題以上，應該很快就能掌握回覆的技巧，同時也能漸漸熟悉拓展話題的方法。而為了鍛鍊出瞬間爆發力，練習時請務必設定時間限制喔！

Unit 1 Have you ...?

來自教練的建議：針對 Have you ...? 這種句型的問句，請先用 Yeah. / No. 等單字立即簡答。

Have you ever ...? 是「你有做過～嗎？」之意，為相當常見的問句，也是少數重要的完成式應用句之一，請好好納入你的百寶箱中吧！

至於回答方式，強烈肯定的話用 Yes.；一般肯定用 Yeah.；若沒有相關經驗則說 No.；想表達「還沒」的時候請說 Not yet.；難以立即回答時，則用 Well ...。

Round 1 首先 簡答　MP3 44　MP3 122　問句＋回答

---

(1) Have you ever been to Europe?

你去過歐洲嗎？

🧤 **Yeah.**
有。

🧤 **No.**
沒有。

> ⚾ 除了 been 之外，用 gone、visited、traveled 等字來問，也是同樣意思。而回答時不需用 Yeah, I have. / No, I haven't. 這麼長的句子。

---

(2) Have you ever had serious trouble abroad?

你曾在國外碰到大麻煩嗎？

🧤 **No.**
不曾。

🧤 **Well ...**
這個嘛……

> ⚾ 難以回答時，就用 Well ... 或 Let me see ... 等話先撐個場面，切忌不發一語。而 serious trouble 是指生病、意外、犯罪或災害等事情。

---

(3) Have you lost weight recently?

你最近瘦了嗎？

🧤 **No.**
沒有。

🧤 **Maybe.**
也許（瘦了）吧。

> ⚾ 這句在肥胖之國美國本土會被大部分人當成讚美。而 Maybe. 用於不確定的情況下，相當於「該不會……吧」之意。

---

(4) Have you gotten a haircut recently?

你最近剪了頭髮嗎？

🧤 **No.**
沒有。

🧤 **Well ...**
嗯……

> ⚾ 表示完成狀態的 Have you ...? 也可以用過去式來說。例如「你換髮型了嗎？」Did you change your hairstyle? 這句和本例就幾乎完全同義。

---

⑤ Have you seen any good movies recently?

你最近有沒有看什麼好電影？

🧤 **No.**
沒有耶。

🧤 **Yeah.**
有。

> 🔵 這個問題，是與人初次見面寒暄過後，能立即成為聊天話題的世界共通主題。而不論是回 Yeah. 還是 No.，都需在下一回合做補充。

⑥ Have you read any good books recently?

你最近有讀到什麼好書嗎？

🧤 **Yeah.**
有。

🧤 **No.**
沒有。

> 🔵 比起電影，書就沒那麼國際化了。因此，若答出了專有名詞，就請在下一回合做補充，並確認對方的理解程度。

⑦ Have you ever heard of "Wal-Mart"?

你有聽過「沃爾瑪」嗎？

🧤 **Yeah.**
有。

🧤 **I don't think so.**
我想沒有。

> 🔵 若你想陳述的內容中有專有名詞存在，就可利用本例這種問句。像這樣提問，就能確認對方是否知道該事物。

⑧ Have you ever had your bike stolen?

你的腳踏車有被偷過嗎？

🧤 **No.**
沒有。

🧤 **Yeah.**
有。

> 🔵 bike 是指 bicycle「腳踏車」。「摩托車」則要說成 motorcycle。stolen 為 steal「偷」的過去分詞。

⑨ Have you ever dyed your hair?

你有染過頭髮嗎？

🧤 **Yeah.**
有。

🧤 **No.**
沒有。

> 🔵 「染髮」就是 dye one's hair，而「白頭髮」則是 gray hair，不說 white hair。「快禿了」則說成 I'm losing my hair.。

⑩ Have you ever thought about living abroad?

你有想過要定居國外嗎？

🧤 **Yeah.**
有。

🧤 **No.**
沒有。

> 🔵 也可以更直接地問 Do you want to live abroad?「你想住在國外嗎？」但就開啟會話話題來說，像本例這種問法較為自然。

來自教練的建議：先用 Maybe. 含糊地回應後，
再以 But ... 來說明真正的心聲。

回答問題時，並非只有 Yes. 或 No. 這樣非黑即白的答案可
選擇。例如被問到第 3 題的「你最近是不是瘦了？」時，先以
Maybe.「也許吧」來稍表肯定後，再以 But ... 來陳述真實心聲的
這種回答模式也不少。Maybe. 比「大概」還要更不確定一些，因
此在回應這句後，請再用單純的話語來傳達真實心聲。

(1) Have you ever been to Europe?

Yeah.
有。

I've been to France and Italy.
我去過法國和義大利。

No.
沒有。

I've only been to countries in Asia.
我只去過亞洲國家。

(2) Have you ever had serious trouble abroad?

No.
不曾。

People are always so nice.
人們都很和善。

Well ...
這個嘛……

Someone stole my bag once.
曾經有人偷了我的包包。

(3) Have you lost weight recently?

No.
沒有。

I gained weight.
我胖了。

Maybe.
也許（瘦了）吧。

But I think it's just a little.
不過我想只瘦了一點點吧。

(4) Have you gotten a haircut recently?

No.
沒有。

I just styled it differently today.
我今天稍微改了一下髮型而已。

Well ...
嗯……

I got a haircut two months ago.
我兩個月前剪過一次。

> 來自教練的建議：能連續說出英語語句正是溝通的關鍵。

　　上乘會話的訣竅就是：(1) 句子要短 (2) 話要連續。句子短，才不容易造成對方誤會；而語句連續，才有前後文，也才方便傳達意圖。例如第 3 題回答例句的「我打算要減個十公斤」，若只靠一句話，還真的是難以表達。學會運用文法造出長句子，並不代表就能讓對方聽懂你的話。請時時謹記，以連續短句來進行會話才是上策。

I'm dying to go back!
我好想再去！

How about you?
你呢？

> ⒮ I'm dying to ... 是「非常想做～」之意，其意欲程度比 I want to ... 的句型強烈。接著，就請挑戰在一分鐘內，以 3 階段形式回答完這一頁的四個問題吧！

How about you?
你呢？

And someone picked my pocket once.
還有一次被扒手扒了錢。

> ⒮ nice 用來形容人時，就是「很和善」的意思。「遇到扒手」也可說成 have one's pocket picked，而 pickpocket 就是「扒手」。若想表達在旅程中「吃壞了肚子」，就說 I got sick 即可。

I'm trying to lose ten kilos.
我打算要減個十公斤。

How about you?
你呢？

> ⒮「體重的增減」不是用 go up / down 或 increase / decrease 來表達，而要用 gain 和 lose 這兩個動詞。「我這五年來試圖減重十公斤」就說成 I've been trying to lose ten kilos for five years.。

How do you like it?
你覺得如何？

Does it look different?
看起來有不一樣嗎？

> ⒮ style 在此做為動詞使用，代表「整理髮型」之意。而回問 How do you like it? 這句時，並非認真想知道對方是否喜歡你的髮型，只是隨性地問問感想罷了。

5 Have you seen any good movies recently?

No.
沒有耶。

I saw one last weekend.
我上個周末看了一部片子。

Yeah.
有。

I saw a good movie starring Billy Vick.
我看了一部比利・維克演的好片。

6 Have you read any good books recently?

Yeah.
有。

I'm reading a book about Rome now.
我正在讀一本與羅馬有關的書。

No.
沒有。

I started a few books.
我開始讀了幾本。

7 Have you ever heard of "Wal-Mart"?

Yeah.
有。

It's an American discount supermarket.
那是一間美國的特價超市。

I don't think so.
我想沒有。

You said "wall mart," right?
你說的是「沃爾瑪」嗎？

8 Have you ever had your bike stolen?

No.
沒有。

I've been lucky.
我運氣一直很好。

Yeah.
有。

It happened more than once.
還不止一次。

9 Have you ever dyed your hair?

Yeah.
有。

It was red when I was 17.
我 17 歲時染了頭紅髮。

No.
沒有。

I pull out my gray hair.
我會拔掉白頭髮。

10 Have you ever thought about living abroad?

Yeah.
有。

I'd like to retire in Saipan.
退休後我想到賽班島去。

No.
沒有。

I don't have enough confidence or money yet.
我還沒有足夠的信心或財力。

But it was terrible.
但那部片糟透了。

Do you like him?
你喜歡他嗎？

Ⓢ terrible 是「很糟／爛透了」的意思；terrific 則完全相反，是「很棒／非常完美」之意。另外，看電影用 see 或 watch 皆可，但 look 不行。

How about you?
你呢？

But I give up around the 3rd chapter.
不過大約到第三章就放棄了。

Ⓢ 在詳答回合中，若能補充說明書的類別，應該會很容易理解。「關於～的書」就說成 a book about ...。而除了非常有名的著作以外，只靠作者名或書名，通常很難與不同文化背景的人溝通。

It's huge, isn't it?
那個企業很大，不是嗎？

Tell me about it.
你說說看吧。

Ⓢ huge 在此是指「組織很龐大」之意。而對於長度、數量等方面，也都可用此字來表示「超乎尋常的長或大」等意義。

How about you?
你呢？

The police found it once though.
不過有一次警察有找到。

Ⓢ I've been lucky. 是代表「我運氣一直很好，老天眷顧」之意，適合用在非以自身能力獲取結果的情況下，例如用於表示「只是剛好碰到這種狀況」的謙遜之意。

How about you?
你呢？

But I can't pull them all out.
不過拔也拔不完。

Ⓢ pull out 是指將頭髮等毛髮「拔掉」的意思。而「去美容院」說成 go to the hair salon，「剪頭髮」則說成 have my hair cut short，至於「剃光頭」，則說成 shave my head。

Maybe I'll buy a second house there.
也許我會在那裡再買一棟房子。

How about you?
你呢？

Ⓢ retire 是「退休」的意思。它並不具有像「失業」那樣的負面語意。而是指存夠了生活所需資金後，辭去工作的行為。

Unit 2　A or B?

> 來自教練的建議：這類問題，不能用 **Yes / No** 來回應喔！
>
> 　　在本單元中，會把「A 或是 B ？」這樣的問句，以各種句型來提問。將提出的包括 Are you ... A or B? 還有 Did you ... A or B?、Do you ... A or B? 以及 Which do you like, A or B? 等。而最好的學習方式就是 (1) 先閱讀書中內容，確認問題 (2) 一邊看書一邊以自己的速度回答問題 (3) 一一回答 CD 中的問句。請加油吧！

Round 1　首先　 簡答　　　**MP3 47**　**MP3 123**　問句＋回答

---

(1) Are you a morning person or an evening person?

你是習慣晨間活動的人，還是習慣夜間活動的人？

 **Evening person.**
夜間活動的人。

Morning person.
晨間活動的人。

> ⚾ 被問到 A 還是 B 這類問題時，就要先直接回應 A 或 B 其中一方。若兩邊都不是，就說 Neither.，一時答不出來的話，則用 Well ...。

---

(2) Are you usually shy or talkative?

你通常是內向害羞，還是喜歡說話？

Pretty shy.
相當內向。

Talkative, I guess.
算喜歡說話吧，我想。

> ⚾ talkative 是「喜歡說話的」之意，但並不包含「言語輕浮」等負面意義。

---

(3) Are most of your friends married or single?

你大部分的朋友都已婚，或是還單身？

Both.
都有。

Married.
已婚。

> ⚾ 對於此問句，在這個回合中應劈頭就先以 Married. 或 Single. 來單字簡答。若要回答「都有」，就用 Both.；不知道的話，則說 I'm not sure.。

---

(4) Which do you like more, soccer or baseball?

足球和棒球你喜歡哪個？

Soccer.
足球。

Baseball.
棒球。

> ⚾ 此問句雖只是國中一年級的程度，但重要的是被突然問到時，要能即刻回應。另外，在此 more 和 better 幾乎意思完全相同。

---

(5) Is your personality more like your mom's or your dad's? 你的個性比較像媽媽，還是爸爸？

My dad's, as far as I'm aware.
就我所知，像爸爸。

Neither.
都不像。

> 雖無法確定，但就像第 1 句回答例句那樣，可把 [as far as I'm aware.] 或 [, I think.] 這類句子接在後面。

---

(6) Do you like tea with milk or lemon?
你喝茶喜歡加牛奶，還是加檸檬？

Lemon.
檸檬。

A little milk.
一點牛奶。

> 除了這些回答方式外，還可用 Neither. 或 Black. 表示「都不放」。

---

(7) Do you prefer living in the city or the country?
你偏好住在都市，還是鄉下？

The city.
都市。

The country.
鄉下。

> 若要回答「都好」，就說 Either is OK.。若一時不知如何回應的話，就先用 Well ... 應付。而若是突然被問到，沒聽清楚的話，則回應 Sorry?。

---

(8) After you graduated, did you start working or take time off? 你畢業之後就開始工作，還是先休息了一陣子？

I started working.
我馬上開始工作了。

I took time off.
我休息了一陣子。

> 想問「畢業後去哪裡上班了？」的時候，利用此問句來問會比較委婉。而 take time off 是「休息一陣子」之意，也就等於「沒有立刻去上班」的意思。

---

(9) Did you get along better with your mom or your dad?
你跟媽媽處得比較好，還是爸爸？

That's a difficult question.
這問題很難回答。

My mom.
我媽。

> get along with ... 是「和～相處得很好」、「個性相合」之意。而 That's a difficult question. 用在不知該如何回答的時候，但請別說成 Oh, difficult.。

---

(10) Which chain restaurant do you like the best?
你最喜歡哪一家連鎖餐廳？

Green Manhattan.
綠色曼哈頓。

None.
沒有喜歡的。

> 被問到 Which ...? 這類問句時，不能用 Yes. / No. 來回應。若碰到想不出答案的情況，直接回答 I can't remember the name. 就行了。

來自教練的建議：對於 A or B? 這類問句，你的答案必須加上理由才行。

　　在第 1 回合中迅速以 A 或 B 簡答，剩下的力氣則花在這第 2 回合。在此回合中，你得支持一開始的答案，例如像第 1 題的回答例句那樣，回答「夜間活動的人」之後，接著就描述「早晨是如何如何的痛苦」等內容；或像第 2 題，可補充說明「若是第一次見面，就會比較害羞」或「我喜歡跟人打交道」等，來豐富對話。

(1) Are you a morning person or an evening person?

Evening person.
夜間活動的人。

I'm a monster in the morning!
我早上跟怪獸一樣恐怖。

Morning person.
晨間活動的人。

I get so much done in the morning.
早上的工作效率很好。

(2) Are you usually shy or talkative?

Pretty shy.
相當內向。

But I'm talkative at home.
不過我在家很愛說話。

Talkative, I guess.
算喜歡說話吧，我想。

I like meeting people.
我喜歡認識人。

(3) Are most of your friends married or single?

Both.
都有。

My best friend is single though.
不過我最好的朋友還單身就是了。

Married.
已婚。

Most have children too.
大部分也都有小孩了。

(4) Which do you like more, soccer or baseball?

Soccer.
足球。

Baseball is not that fun to watch.
看棒球比較不那麼有趣。

Baseball.
棒球。

I've been a Brother Elephants fan for 14 years.
14 年以來我一直都是兄弟象球迷。

> 來自教練的建議：使用諺語時，更需要充份安排好前後文。

不論是哪一種語言的諺語都非常有趣。例如像「說起來容易，做起來難」這種讓人深有同感的諺語，我就曾試著用在對話中，結果對方十分感動，而我也非常高興。引用諺語時，最重要的就是前後文的處理。像第 1、3 題的回答例句那樣，先用前兩句統整出語意，再接著說出諺語，才能確保萬無一失。此外，諺語也能替會話增色不少呢。

How about you?
你呢？

They say the early bird gets the worm.
正所謂早起的鳥兒有蟲吃。

I'm a monster in the morning. 是種比喻。只要多營造幾句前後文，就可以自行創造出像 I'm a tornado in the morning. 之類的句子來自由表達意思，而且對方也能聽得懂。用諺語時的情況也一樣。

How about you?
你呢？

It energizes me.
那（認識人）能帶給我活力。

英文語句的順序一般以 [S + V] 起頭，句尾再加上「地點、時間、頻率」等。It energizes me. 則是「那能賦予我能量」、「靠這件事就能讓我產生活力」之意。

How about you?
你呢？

Maybe birds of a feather flock together.
也許是物以類聚吧！

運用諺語時的重點就在於要像此例這樣，以 3 階段形式妥善鋪陳前文之後，再說出來。另外，諺語也可像此例，接在 Maybe 或 They say 之後說出來。

What do you think?
你覺得呢？

Have you ever heard of them?
你有聽過這支球隊嗎？

[not that + 形容詞] 是「沒有那麼～」之意。而 Have you ever heard of them? 則是「你有聽過他們（這支球隊）嗎？」的意思。一旦說出專有名詞後，最好能像這樣加以確認。

(5) Is your personality more like your mom's or your dad's?

My dad's, as far as I'm aware. 就我所知,像爸爸。

I'm playful and creative like him.
我和他一樣愛開玩笑又富創造力。

Neither.
都不像。

My personality is like my dog's.
我的個性比較像我的狗。

(6) Do you like tea with milk or lemon?

Lemon.
檸檬。

Sometimes I like it with honey.
我有時喜歡加蜂蜜。

A little milk.
一點牛奶。

Sometimes I like it straight.
我有時候什麼都不加。

(7) Do you prefer living in the city or the country?

The city.
都市。

There's more activity.
活動比較多。

The country.
鄉下。

I don't like the prices and pollution in the city.
我不喜歡都市的高物價和汙染。

(8) After you graduated, did you start working or take time off?

I started working.
我馬上開始工作了。

I really wanted to work.
我真的很想工作。

I took time off.
我休息了一陣子。

I went to Spain for six months.
我去西班牙待了 6 個月。

(9) Did you get along better with your mom or your dad?

That's a difficult question.
這問題很難回答。

Both can be nice.
兩個人都有很和善的時候。

My mom.
我媽。

My dad was never home.
我爸總是不在家。

(10) Which chain restaurant do you like the best?

Green Manhattan.
綠色曼哈頓。

It has really healthy food.
那裡的菜非常健康。

None.
沒有喜歡的。

I like good local restaurants.
我喜歡本地的餐廳。

How about you?
你呢？

I'm always looking for affection.
我也很愛撒嬌。

　第 2 個回答例句當然是在開玩笑。而「撒嬌」則用「總是在追求感情」來表達。想把中文的名詞轉換成英語時，記得要像這樣以整個句子來說明才好。

How about you?
你呢？

I enjoyed the aroma.
我享受的是香氣。

　straight 也可說成 black。而 Sometimes ... 是「有時也會做～」之意。將這樣的句型串接起來，就能表達出「有時～有時則～」的意思，這對補充說明而言相當方便。

And I like the mix of people.
而且我喜歡各式各樣的人。

How about you?
你呢？

　the mix of people 是指「各式各樣的人」，也可說成 different people。但 many people 則是「很多人」的意思，請別搞混了。

I thought it was cool.
我覺得很酷。

How about you?
你呢？

　really 是「相當、很」的意思，其使用頻率遠高於 very much 或 very well 等。

And both can be mean.
也都有很難搞的時候。

How about you?
你呢？

　nice 就是「和善的」，而 mean 則有「惡劣」之意，兩者都常用來形容人。Don't be mean. 就是「不要這麼壞心」的意思。

The atmosphere is wonderful.
氣氛也很好。

How about you?
你呢？

　It has ... 是「那家餐廳提供～」的意思，也可說成 They have ...。把 have ... 當成「提供～」的意思來用，能拓寬這個字的應用範圍。

Unit 3　How + 形容詞 ...?

來自教練的建議：請掌握主要句型 How + 形容詞 ...? 的回答絕竅！

　　遇到詢問長度的 How long ...?、詢問大小的 How big ...?、問數量的 How many ...?、問價錢的 How expensive ...? 和問距離的 How far ...? 這類問句尋求資訊時，基本上就要明白地回答出數值。若是要說明程度，則可用 Pretty big.「相當大」，或 Not that big.「並沒有那麼大」這類句子回應。

 首先 簡答

MP3 50　MP3 124　問句 + 回答

---

(1)　How long is your summer vacation?
你的暑假有多長？

Two weeks.
2 週。

What vacation?
什麼假？

> 要表達「無法一概而論」時，請回答 It depends.，至於「依據哪些條件會有怎樣的不同」，請在第 2 回合之後好好加以說明。另外，What vacation? 這句是在開玩笑。

---

(2)　How long do you take to get ready in the morning?
你早上要花多久時間準備？

A long time.
很久。

About ten minutes.
大約 10 分鐘。

> 無法乾脆地回答出「幾分鐘」時，就像 About ten minutes. 這樣，在句首加上 about。而 a long time 則是「一直」、「很長的時間」之意。

---

(3)　How far is the train station from your house?
火車站離你家多遠？

It's close.
很近。

Ten minutes by foot.
走路 10 分鐘。

> 針對 How far...? 這類問句，回答重點就在於具體說出所需距離或時間。基本上用 [～分鐘 by bus / car / bike / foot] 的句型即可。另外，by foot 也可說成 on foot。

---

(4)　How big is your apartment?
你家多大？

Three bedrooms and two baths.
三房兩衛。

Pretty small.
相當小。

> 房子的大小，多半像此例，用房間和衛浴數量來表達。apartment 是公寓或大樓。

---

5 How expensive is Taiwan?

台灣的物價有多高？

Pretty expensive.
很高。

Not that expensive.
沒那麼高。

> Ⓢ「要看是什麼東西」就說成 It depends.，而「沒有超低價的東西」則說成 Nothing's super cheap.。

6 How much is a cup of coffee in Taiwan?

在台灣，一杯咖啡要多少錢？

It depends.
看情形。

About four US dollars.
大約 4 塊美金。

> Ⓢ 也可以用自己國家的貨幣單位來回答，而之後若有餘裕，再補充回答對方國家的貨幣，就更顯親切了。

7 How difficult is Chinese to learn?

中文有多難學？

Pretty easy.
相當容易。

Pretty difficult.
相當難。

> Ⓢ「沒有英文那麼難」就說成 Not as difficult as English.。若一時不知怎麼回應，就用 Well ... 或 I'm not sure.。

8 How many good friends do you have?

你有幾個好朋友？

Two or three.
兩、三個。

I'm not sure.
我不確定。

> Ⓢ 若有「很多」，就回答 A lot.，有「一些」則是 A few.，至於「一個也沒有」就說成 None.。

9 How old is your cell phone?

你的手機用多久了？

About three years old.
大約 3 年。

About one year old.
大約 1 年。

> Ⓢ「還不到 1 年」說成 Less than one year old.。「數字 + year(s) old」這種句型用在建築物方面，就是「屋齡～年」之意。

10 How old do you think I am?

你覺得我幾歲？

I can't tell.
我看不出來。

Let me think.
讓我想想。

> Ⓢ I can't tell. 也就是 I'm not sure. 的意思。若要回答「28 歲左右」就說 About 28.，至於「30 幾」的話，則說成 In your 30's.。

來自教練的建議：要讓具體資料更活靈活現，就靠加一法則來補充！

碰到像 How ...? 這類尋求資訊的問句時，我們必須針對自己所回答的資訊做進一步說明，不能以單句簡答完資料就了事。例如第 3 題，若回覆了「從我家到車站要 10 分鐘」，那就應補充這是怎樣的 10 分鐘，是稍嫌遠了些，還是快樂地散步了 10 分鐘。別忘了，補充說明正是讓資料變得更生動有趣的最佳調味料。

① How long is your summer vacation?

Two weeks.
2 週。

Sometimes it's shorter though.
但是有時候更短。

What vacation?
什麼假？

I always have to work in the summer.
我夏天都得工作。

② How long do you take to get ready in the morning?

A long time.
很久。

I spend 30 minutes reading the paper.
我會花 30 分鐘看報紙。

About ten minutes.
大約 10 分鐘。

I'm busy with so many things.
我得打理好多事情。

③ How far is the train station from your house?

It's close.
很近。

It's so convenient.
相當方便。

Ten minutes by foot.
走路 10 分鐘。

It's a nice walk.
走起來感覺不錯。

④ How big is your apartment?

Three bedrooms and two baths. 三房兩衛。

It's about 1,000 square feet.
大約 1,000 平方英尺。

Pretty small.
相當小。

It's comfortable though.
不過很舒適。

來自教練的建議：請善加運用反問萬用句——How about you? 吧！

　　在此要針對「活絡對話回合」的萬用句——How about you? 的各種應用方法做介紹。首先像第 4 題的 How about yours? 代表了目前為止談的都是「我家」，那麼「你家」呢？所以才用了 yours 這個字。另外第 5 題的 How about your country? 和第 6 題也是類似的用法。請記得依據對方問句內容，來妥善調整你的反問句。

It depends on the year.
要看是哪一年。

How about you?
你呢？

「依據～不同，會有所不同」就用 It depends on ... 來說明，例如 on my work 是「依據工作」、on my children's schedule 就是「依據我小孩的時間表」。

How about you?
你呢？

So I have to be fast.
所以我動作得快一點。

[spend + 時間 + Ving] 就是「做～要花〇的時間」之意。另外，paper 就是指 newspaper。

I never want to live far from a station.
我絕不住在離車站遠的地方。

But it's tough in the winter or in rain.
但冬天或下雨天就很辛苦了。

convenient 是「方便的」之意，而 useful 則是用來形容工具，或表達「好用、實用」的意思。另外像本例這樣，欲表達「痛苦、辛苦」的意思時，用 tough 會比 hard 好。

Most Taiwanese apartments are similar as far as I'm aware.
就我所知，大部分的台灣公寓都差不多這樣。

How about yours?
你家呢？

How about yours? 是從 How about you? 稍微變化而來的反問句應用。yours 當然就是指 your apartment or house。

5 How expensive is Taiwan?

Pretty expensive.
很高。

The rents in big cities are especially expensive.
大都市裡的房租特別貴。

Not that expensive.
沒那麼高。

I think restaurants are cheap.
我想餐廳算便宜。

6 How much is a cup of coffee in Taiwan?

It depends.
看情形。

Coffee from the vending machines is cheap.
自動販賣機賣的咖啡就很便宜。

About four US dollars.
大約 4 塊美金。

That's at a proper café.
這是以像樣的咖啡廳來說。

7 How difficult is Chinese to learn?

Pretty easy.
相當容易。

Speaking and listening are easier than reading and writing. 說和聽比讀和寫容易。

Pretty difficult.
相當難。

Pronunciation is the first step.
發音是第一步。

8 How many good friends do you have?

Two or three.
兩、三個。

I have a lot of acquaintances.
我熟人很多。

I'm not sure.
我不確定。

All my friends are so nice.
我的朋友都很和善。

9 How old is your cell phone?

About three years old.
大約 3 年。

It works fine.
還很堪用。

About one year old.
大約 1 年。

I already want to get a new one.
我已經想換一台新的了。

10 How old do you think I am?

I can't tell.
我看不出來。

You are younger than me, I think.
我想你比我年輕吧。

Let me think.
讓我想想。

I think you're in your 30's.
我想你應該 30 幾。

You pay so much for so little space.
空間那麼小，付的房租卻那麼多。

How about your country?
你的國家呢？

此處的 cheap 是指「價格便宜」，而非「品質不好」。You pay so much for so little space. 的 You 不是指「你」，而是指「人們」，故也可改為 They / We / People。

But coffee in a fancy hotel is expensive.
但是在高級飯店裡的咖啡很貴。

How about in your country?
在你的國家情況如何呢？

a proper café 也可說成 nice café。proper 是英式英語中常用的單字。而 fancy 也一樣，可用 nice 來代替。

A lot of foreigners can speak Chinese fluently. 很多外國人都能說一口流利的中文。

Chinese has four basic tones.
中文有四個音調。

easier 是「更簡單」之意，在文法上屬於比較級的用法，但並不一定要搭配 than 來使用。

But I only have a few GOOD friends.
不過真正要好的朋友只有幾個。

But my best friend is my dog.
但我最好的朋友是我的狗。

「工作上認識的熟人很多」可說成 I have a lot of business acquaintances.。「真的很要好」則可說成 GOOD friends，以強調 GOOD 的方式來說即可。

So I don't need to get a new one.
所以我不用買新手機。

How about you?
你呢？

此處 work 這個動詞，是用來表示機械設備等「能運作」的意思。另外，need to 是「必須做～」，而 want to 則是「想做～」。

How old are you?
你幾歲？

How about me?
那，你猜我幾歲呢？

代表年齡的「～幾」英文說成 ...'s。而 I think 放在句首時，就代表說的不是百分之百有把握的事情。此外，直接問對方年紀是很不禮貌的行為。當然，在自我介紹時也不必特別介紹年齡。

來自教練的建議：碰到詢問你意見的問句時，請用完整的句子回應。

　　How do you like ...? 和 What do you think of ...? 這兩句意思幾乎完全相同，都是在問你的意見。而且這兩句不論用在嚴肅話題中還是輕鬆的閒聊場合皆可。回答一樣要採 3 階段形式，但第 1 句簡答必須用完整的句子。不必因為被徵詢了意見，就緊張起來。其實這種問句也常出現在閒話家常時提供話題的情境中。若不清楚狀況難以回答時，就用 I'm not sure. 回應吧。

Round 1　首先　**簡答**　　MP3 **53**　MP3 **125**　問句+回答

(1) How do you like the Taiwanese President?
你覺得台灣總統如何？

Well ...
這個嘛……
I don't know much about him.
我不太清楚他的事。

> How do you like ...? 和 What do you think of ...? 一樣，都是在問你的意見，因此請用完整句子表達你的感覺。若不知如何回答，就說 Well ...。

(2) How do you like the American President?
你覺得美國總統如何？

He seems intelligent.
他似乎很睿智。
He's OK.
還行。

> 覺得很好的時候，不會用 He's OK. 這句。這句其實帶有一點否定的語氣。

(3) What do you think of the economy these days?
你覺得最近的經濟狀況如何？

Well ...
這個嘛……
They say it's recovered.
有人說已經恢復了。

> They say ... 和 Some people say ... 一樣，是「有人說～」的意思。

(4) What do you think of the Taiwanese baseball players in the US? 你覺得在美國打球的台灣棒球員如何？

I don't know much about them.
我不太清楚他們的事。
They're great.
他們很棒。

> 若是「我不清楚棒球的事情」，也可說成 I don't know much about baseball.。而第 2 句回答例句中的 They，是指在美國打球的台灣棒球員。

5 How do you like this book so far?
目前為止，你覺得這本書如何？

It's tough.
很難。

This method is fantastic!
這種練習方法真是太棒了！

so far 是「至此為止、到目前為止」之意，並不是用來說明物理上的距離。而 fantastic 是「很棒」的意思，與 wonderful、marvelous、fabulous 等同義。

6 How do you like Taipei?
你覺得台北如何？

I love Taipei.
我很喜歡台北。

Taipei's not bad.
還不錯。

love 若是用在事物上，代表「很喜歡」之意，若用在人身上，就是「愛」的意思。

7 What do you think of Taiwanese TV?
你覺得台灣的電視節目如何？

It's entertaining and creative.
很好玩又有創意。

I don't watch it often.
我不常看電視。

第 7~10 題的 What do you think of ...? 都和 How do you like ...? 句型的意義相同。

8 What do you think of the Japanese Emperor?
你覺得日本天皇如何？

That's a difficult question.
這問題很難回答。

I don't have an opinion one way or another.
我沒什麼特別的意見。

若是碰到因某些原因而很難直接回答的問題時，也可用 That's a sensitive question. 來回應。至於 one way or another，則是「這個或那個」的意思。

9 What do you think of married women keeping their family names?
你覺得已婚婦女保有原姓氏這件事如何？

I support it.
我贊成。

That's a difficult question.
這問題很難回答。

在此若回答 I think it's good. 就等同於表達「我贊成」。

10 What do you think of gay marriage?
你對同性戀婚姻有何意見？

It's fine.
可以啊。

I don't mind it.
我不在意。

It's fine. 接近於「可以啊」之意，並非強烈肯定。若要回答「我沒想過這個問題」，就說 I've never thought about it.。

來自教練的建議：對於很難補充說明的問題，
就回應 That's a difficult question.。

在會話過程中，無法立刻做出「補充說明」的情況時而有之。
這種時候，便可像第 3 題那樣，於第 1 回合先回應 Well ...「這
個嘛……」，保留 Yes. 或 No. 的答案，再接著附加一句 That's a
difficult question.「這個問題很難回答」就 OK 囉。而若這樣閃避
掉，就接著再用 What do you think? 把球丟回給對方即可。

---

① How do you like the Taiwanese President?

Well ...
這個嘛……

He has some good policies.
他有些政見很不錯。

I don't know much about him. 我不太清楚他的事。

He's popular with some people.
他很受某些人歡迎。

---

② How do you like the American President?

He seems intelligent.
他似乎很睿智。

He's better than the last President.
他比上一任總統好。

He's OK.
他還行。

I don't like his policies very much.
我不太喜歡他的政策。

---

③ What do you think of the economy these days?

Well ...
這個嘛……

That's a difficult question.
這個問題很難回答。

They say it's recovered.
有人說已經恢復了。

I hope it gets much better.
我希望能再好一點。

---

④ What do you think of the Taiwanese baseball players in the US?

I don't know much about them. 我不太清楚他們的事。

But I like Wang.
不過我喜歡王建民。

They're great.
他們很棒。

And it's exciting to watch them.
他們的比賽都很精彩。

來自教練的建議：即使是自己沒興趣的話題，
也要以對等立場好好進行會話。

有時也會被問到像 8 ~ 10 題之類很難回答，或自己不太關心的問題。若是地位對等的成年人，即使自己沒有明確的意見，也應該好好地進行對話。像第 9 題那樣，即使先回應了「這問題很難回答」，也可邊說邊想，接著再表示「我想～應該比較好吧」來做統整，就是很不錯的回答。

What do you think?
你覺得呢？

But some don't respect him.
但有些人不尊重他。

ⓢ He's popular with ... 在此是「受～支持」、「受～歡迎」的意思。另外，respect 在此指「尊重」之意。

What do you think?
你覺得呢？

He does whatever he wants.
他愛做什麼就做什麼。

ⓢ Whatever 是「無論什麼」之意，而 do whatever one wants 即為「想做什麼就做什麼」。

But I think it's getting better.
但我想應該是在好轉。

Do you think it'll get better?
你覺得還會變得更好嗎？

ⓢ 請務必好好區分 hope 和 wish 的用法。[I hope S + V.] 是陳述期望時用的，為「我希望會變成～」之意，而 I wish 則是用來表達不可能實現的願望。

How's Wang doing this year?
王建民今年的表現如何？

But I think Taiwanese baseball is losing a lot of good players.
但我認為台灣棒球界正在失去許多好選手。

ⓢ 若回答了像 I like Wang. 這樣包含專有名詞的答案，之後最好能以 Have you ever heard of him? 這類問句向對方確認。

5 How do you like this book so far?

It's tough.
很難。

But it's good practice for me.
但對我來說是很好的練習。

This method is fantastic!
這種練習方法真是太棒了！

I answered most of the questions.
大部分的問題我都能回答出來。

6 How do you like Taipei?

I love Taipei.
我很喜歡台北。

The city is fun and exciting.
這城市有趣又刺激。

Taipei 's not bad.
台北還不錯。

I like Tainan's food and atmosphere better.
我比較喜歡台南的食物和氣氛。

7 What do you think of Taiwanese TV?

It's entertaining and creative. 很好玩又有創意。

Some shows are truly original.
有些節目很具原創性。

I don't watch it often.
我不常看電視。

Some shows are so stupid.
有些節目實在很蠢。

8 What do you think of the Japanese Emperor?

That's a difficult question.
這問題很難回答。

A lot of people say the Emperor is a symbol.
很多人說天皇是個象徵。

I don't have an opinion one way or another.
我沒什麼特別的意見。

He is involved in Japan's foreign relations.
他有參與日本的外交工作。

9 What do you think of married women keeping their family names?

I support it.
我贊成。

I think women should be able to choose.
我認為女人應該有選擇權。

That's a difficult question.
這問題很難回答。

I'm pretty traditional though.
不過我很傳統。

10 What do you think of gay marriage?

It's fine.
可以啊。

Gay couples should have the same rights as straight couples.
同性戀伴侶應該擁有與異性戀夫妻相同的權利。

I don't mind it.
我不在意。

But I don't support it.
不過我並不支持。

What do you think of my answers?
你覺得我的回答如何？

Thanks to Steve's advice.
真是謝謝史提夫了。

most of the questions 也可說成 almost every (all) question(s)。另外，thanks to ... 有「託～的福」之意，而「託你的福」則說成 I should thank you.。

There are a lot of opportunities too.
機會也很多。

How do you like Taipei?
你喜歡台北嗎？

opportunities 指「機會」，在商務場合中使用頻率高於 chance。而 atmosphere 則是「氣氛」之意。

What do you think?
你覺得呢？

They insult my intelligence.
這些節目侮辱了我的智慧。

truly 就是「真的」的意思，而 original 則為「原創的」。另外，insult 是「侮辱」的意思。

What in the world does that mean?
這到底是什麼意思？

But he doesn't interfere with politics.
但他並不干預政治。

若這類問題是你沒興趣的話題，就更應該努力練習，以便日後可應付自如。而 What in the world ...? 代表「到底是什麼？」之意。

What do you think?
你覺得呢？

So I'm in favor of taking the husband's family name. 所以我贊成從夫姓。

should be able to ... 是「應該能夠～」、的意思。而「有～的權利」也可說成 have the right to ...。另外，I'm in favor of ... 是「支持～」的意思，也可說成 I support ...。

Don't you think so?
你不覺得嗎？

Let's talk about something else.
我們聊點別的話題吧。

straight 是指「非同性戀」，說 I'm straight. 就等於說 I'm not gay.。另外，Don't you think so? 有尋求對方認同的意味，比 What do you think? 感覺更強烈。

Unit 5 Don't you ...? [否定疑問句]

來自教練的建議：否定疑問句其實很簡單，只要忽略句首的否定即可。

被問到 Don't you ...?「你不～嗎？」這類否定疑問句時，若要回答「我並不～」時，到底該說 Yes. 還是 No. 總是令人困惑不已。

其實沒有這麼難。只要略過 Aren't 或 Don't 等否定部分，直接針對接著的問句做回答即可。接下來我們就趕快開始練習吧！

Round 1 首先 🥎 簡答 MP3 **56** MP3 **126** 問句 + 回答

① Don't you love long weekends?
你不喜歡長週末嗎？

🧤 **Yeah.**
喜歡。
🧤 **Not really.**
不怎麼喜歡。

⚾ 不知該如何回答時，當然可先說 Well ...。若是不確定對方問的是什麼時，就回問 I'm sorry. What do you mean? 即可。另外，所謂 long weekend 指的是週五也放假的週末。

② Don't you hate this weather?
你不討厭這種天氣嗎？

🧤 **Not really.**
不怎麼討厭。
🧤 **Yeah.**
討厭。

⚾ 關鍵句為 hate this weather，只要針對這句回答 Yes. / No. 就行了。若想回答「沒特別喜歡或討厭」，就用 Not really.，而若是「很討厭」，則回覆 Yes!。

③ Don't you love Japanese restaurants?
你不喜歡日式餐廳嗎？

🧤 **Yes!**
很喜歡！
🧤 **The food is excellent.**
食物很棒。

⚾ 也可像這裡的第 2 個回答例句一樣，不用 Yes. / No. 來答，而是直接以完整句子表達自己的感覺。

④ Don't you like burritos?
你不喜歡墨西哥捲餅嗎？

🧤 **Not really.**
不怎麼喜歡。
🧤 **Yeah.**
喜歡。

⚾ 「喜歡」就直接用 Yes! 回應，「討厭」則說 No.。而 Not really. 的說法比較委婉，意思類似於「不是那麼喜歡」。

⑤ Don't you need a break?
你不需要休息一下嗎？

- **No, thanks.**
  不用，謝謝。
- **Not really.**
  還好。

若要回答「我不休息也沒關係」，就說 I'm OK.，這也正是用來委婉拒絕對方提議的句子。若想回「好啊，謝謝」，則說 Yeah, thanks.。

⑥ Don't you like your name?
你不喜歡你的名字嗎？

- **It's OK.**
  還好。
- **Yeah.**
  喜歡。

「不怎麼喜歡」可說成 Not really.。若是「沒想過這回事」，則說成 I've never thought about it.。

⑦ Doesn't Taiwan have beautiful mountains?
台灣沒有美麗的山嗎？

- **Yes!**
  有啊！
- **Well ...**
  這個嘛……

否定疑問句除了 Don't ...? 之外還有 Doesn't ...? 或 Aren't ...?、Isn't ...? 等。英文的動詞真的很容易搞混。Aren't English verbs confusing?

⑧ Don't you love rush hour trains?
你不喜歡尖峰時間的電車嗎？

- **No!**
  不喜歡！
- **Yes!**
  喜歡！

將 love「很喜歡」和 rush hour 這兩個明顯相反的詞結合在一起，是一種開玩笑的方式。而第 2 個回答例句的 Yes!，也是以玩笑回應。

⑨ Don't you love breathing in smoke when you eat at a restaurant?
你不喜歡在餐廳吃飯時吸進很多二手菸嗎？

- **Yeah.**
  喜歡。
- **I don't mind.**
  我不在意。

此例也是在開玩笑。第 1 句回答例句的 Yeah.，含有「我有同感」之意，同時也代表著「我聽懂你的玩笑了！」

⑩ Isn't late night TV in Taiwan educational?
台灣的深夜電視節目不是很有教育意義嗎？

- **Well ...**
  這個嘛……
- **Yeah.**
  有。

此例也是在開玩笑，或說是諷刺 (sarcasm)。當然每個人都可以有不同的意見，所以無須顧慮，請直接傳達你的想法即可。

來自教練的建議：補充說明也要不厭其煩，才能成為
否定疑問句的救世主。

Don't you ...? 是「你不～嗎？」之意，想回答「是的，我不～」
的時候，本國人可能會煩惱不知該用 Yes. 還是 No.，但是其實並
不需煩惱這點。即使把一開始的簡答講錯成完全相反的答案，也
無所謂。例如本該回應 No. 卻不小心講成 Yeah.，也可以在詳答回
合彌補。有了詳答回合的支持，會話就能更堅固。

1 Don't you love long weekends?

Yeah.
喜歡。

We have one next month.
下個月就有一個。

Not really.
不怎麼喜歡。

I'm always so busy.
我總是很忙。

2 Don't you hate this weather?

Not really.
不怎麼討厭。

I'm used to it.
我習慣了。

Yeah.
討厭。

Why did it rain today?
今天為何要下雨呢？

3 Don't you love Japanese restaurants?

Yes!
很喜歡！

The seasonal foods are brilliant.
當季的食物棒極了。

The food is excellent.
食物很棒。

And the prices are reasonable.
而且價格合理。

4 Don't you like burritos?

Not really.
不怎麼喜歡。

I had it when I was young though.
不過我小時候吃過。

Yeah.
喜歡。

Some people eat it with sour cream and guacamole. 有些人會加酸奶油和酪梨醬一起吃。

來自教練的建議：2 分鐘內答完 10 題，你做到了嗎？

前面曾提過，設定時間限制正是增進會話能力的關鍵，故請在 2 分鐘內用 3 階段形式回答完 10 題為目標，好好練習。You can do it!

What are you going to do?
你有什麼計畫嗎？

So I usually have to go to my office.
所以通常都得去辦公室加班。

What are you going to do? 就是簡單地問你「你打算做什麼？」，而非嚴謹地詢問完整的計畫。

How about you?
你呢？

Oh well ...
真無奈……

Oh well ... 是固定的用法，用來表達「真無奈」之意。也可以說 There's nothing we can do about it / the rain / the economy.「對於這件事 / 雨 / 經濟我們莫可奈何」。

That's one of the best things in Japan.
那是在日本最棒的事之一。

What do you think?
你覺得呢？

brilliant 是英國人常用的字，也可改用 wonderful 或 great。而 That's ... 的 that 是指前面一句的內容，若能熟悉這種 that 用法，就能輕鬆說出連續的句子了。

How about you?
你呢？

I like them with salsa.
我喜歡加沙沙醬。

問這個問題時，請注意對方有可能不知道 burritos 是什麼。此外，salsa 是一種墨西哥辣味蕃茄調味料。

5 Don't you need a break?

No, thanks.
不用，謝謝。

Let's finish this.
讓我們先完成這個吧。

Not really.
還好。

But I'm flexible.
不過我都可以。

6 Don't you like your name?

It's OK.
還好。

It sounds a little old-fashioned though.
不過聽起來有點過時。

Yeah.
喜歡。

I like it now.
現在我很喜歡。

7 Doesn't Taiwan have beautiful mountains?

Yes!
有啊！

Of course everyone knows Mt. Ali.
當然，大家都知道阿里山。

Well ...
這個嘛……

I haven't been to many Taiwanese mountains.
我沒爬過太多台灣的山岳。

8 Don't you love rush hour trains?

No!
不喜歡！

But I'm used to them.
不過我習慣了。

Yes!
喜歡！

I love them!
我愛極了！

9 Don't you love breathing in smoke when you eat at a restaurant?

Yeah.
喜歡。

I love the smell on my clothes too.
我還喜歡留在我衣服上的煙味。

I don't mind.
我不在意。

All my friends and family smoke.
我的朋友和家人都抽菸。

10 Isn't late night TV in Taiwan educational?

Well ...
這個嘛……

Some shows are extremely creative.
有些節目真的極有創意。

Yeah.
是啊。

You can learn some weird things.
你可以學到一些怪東西。

And then we can take a break.
之後再休息吧。

Would you like a break?
你想休息一下嗎？

I'm flexible. 是「都可以」的意思。而 Would you like ... 是「你覺得～如何呢？」之意，比 Do you want ...? 的說法更有禮貌。

How about you?
你呢？

But I used to hate it when I was a child.
不過我小時候很討厭它。

[S + sounds ...] 就是「S 聽起來～」的意思。而 I used to ... 則代表「以前常做～」之意。

But Mt. Jade is breathtaking!
但玉山更是美得令人屏息！

What Taiwanese mountain do you like best? 你最喜歡台灣的哪座山？

Of course ... But ... 是很常見的 3 階段形式，即類似「當然～，不過～」這種說明方法。

What do you think of them?
你覺得如何呢？

I feel like a piece of rice in a rice ball.
我覺得自己就像飯糰裡的一粒米般。

I'm used to ... 是「我習慣了～」之意，而 I used to ... 則是「我以前常做～」的意思，兩種用法都很重要，請務必徹底學會運用。另外，feel like ... 是「感覺像～」的意思。

I'll never get used to it.
我永遠沒辦法習慣。

How about you?
你呢？

I love the smell on my clothes too. 這句是接在「表示聽懂對方的玩笑」的 Yeah. 後，繼續朝相同路線強化笑點的例子。而 get used to ... 則是「習慣於～」之意。

TV stations test experimental shows in the late night slot.
電視台會在深夜時段測試實驗性的節目。

What kind of shows have you seen?
你看過哪些節目？

extremely 是「極度地」的意思，比 very 更能強調接下來詞彙的意義。而 slot 有「位置」之意，在此指「節目時段」。

> 來自教練的建議：不必因「附加」部分而迷惑，
> 只要聽取「主體」部分並回答即可。

和前一單元的否定疑問句一樣，對附加疑問句感到痛苦的人也不少。但其實你不用在意「附加」的部分，只要聽懂前面的話，並針對這部分回答 Yeah. 或 No. 就行了，很簡單吧？另外，想表達「是～這樣的，對吧？」時，用的不是附加疑問句，而是在句子尾端加上 ", right?"。

Round 1   首先   簡答   MP3 59   MP3 127   問句+回答

1 It's a nice day, isn't it?
今天天氣真好，不是嗎？

Yeah.
是啊。

Well ...
這個嘛……

> It's a nice day, isn't it? 這種問句也常會用在陌生人身上。附帶一提，對於不認識的人，若劈頭就詢問其來自何方 Where are you from?，是很沒禮貌的。

2 It's cold in here, isn't it?
這裡好冷，不是嗎？

Yeah.
對啊。

Really?
會嗎？

> 即使被對方以附加問句尋求回應，也不一定非表示同意不可。另外，若想表達不同的意見，最好先以 Really? 來回覆。

3 This train's crowded, isn't it?
這班車真擠，不是嗎？

Yeah.
對啊。

Really?
會嗎？

> 這句問句，也可用在坐車時偶然坐在身旁的陌生人身上。想輕鬆表達同意之意時，請回 Yeah.，若不同意，則回覆 Really?。

4 That's a huge line for tickets, isn't?
排隊買票的人可真多，不是嗎？

Yeah.
是啊。

Really?
會嗎？

> line 在此為「排隊的隊伍」之意，是名詞。而動詞則以 line up「排隊」來表達。另外，英式英語通常用 queue，而不用 line。

5 You like wine, don't you?

你喜歡葡萄酒，對吧？

No.
不喜歡。

Yes!
喜歡！

被問到這句時，請不用煩惱附加問句的部分，若喜歡葡萄酒，就回答喜歡即可。當然，也可以省略 Yes. / No.，直接回答 I love it.。

6 You don't hate dogs, do you?

你並不討厭狗，對吧？

No!
不討厭！

Well ...
這個嘛……

被人問「你並不討厭～吧？」的時候，若是「討厭」，但很難直接說出口時，就回覆 Well ...，通常對方就能了解你真正的心意了。

7 You know how to play Mahjong, don't you?

你會打麻將，不是嗎？

No.
不會。

Yeah.
會。

若想回覆「多少會一點」這樣的答案時，就用 More or less.。know how to play ... 指「會玩某種遊戲或運動」之意。

8 You haven't seen my umbrella, have you?

你沒看到我的傘吧，有嗎？

No.
沒看到。

Yeah.
有。

除了此處的回答例句外，也可用 What's it like?「怎樣的傘？」或 What color is it?「什麼顏色的？」等句子來確認資訊。

9 The humidity in the summer is so pleasant, isn't it?

夏天的濕氣真令人愉快，不是嗎？

Yes!
是啊！

Well ...
這個嘛……

這是一種故意說反話的開玩笑方式，將很糟的事說成很棒，你也試試看吧！

10 NT$300 for coffee is a bargain, isn't it?

咖啡一杯 300 元台幣，可真便宜，不是嗎？

Absolutely.
的確。

Well ...
這個嘛……

Absolutely. 就是「正是如此」之意，用於強烈同意時。而在此等於是配合對方笑話而做的回答。

來自教練的建議：同意的話，就補上理由。不同意的話，
就提出意見。

不必因為是 It's a nice day, isn't it?「今天天氣真好，不是嗎？」
這類不痛不癢的話題，就覺得非表示同意不可。例如第 1 題的回
答例句，在 Well ... 之後先接著表示「雖然陽光普照的感覺很好」
這樣妥協後的意見，再於下一回合說出真正的感覺也可以。而若
回答了 Yeah. 表示同意，則請補充說明同意的理由吧！

---

1 It's a nice day, isn't it?

Yeah.
是啊。

It's gorgeous!
真棒！

Well ...
這個嘛……

The sunshine feels good.
陽光普照的感覺很好。

---

2 It's cold in here, isn't it?

Yeah.
對啊。

It's freezing!
凍死人了！

Really?
會嗎？

I'm not that cold.
我不覺得很冷。

---

3 This train's crowded, isn't it?

Yeah.
對啊。

I feel like a canned sardine.
我覺得自己像罐裝沙丁魚。

Really?
會嗎？

This is pretty bad.
這挺糟的。

---

4 That's a huge line for tickets, isn't?

Yeah.
是啊。

It's so long.
好長的隊伍。

Really?
會嗎？

It'll go fast.
很快就會輪到的。

來自教練的建議：紓解對方的不安情緒：**Don't worry about it.**

目前為止，我們已經介紹了不少活絡對話用的回問句，像是 How about you? 或 What do you think? 等。在此要介紹的則是 Don't worry about it.，即「不用擔心」之意。例如第 4 題的情境，感覺對方似乎有所擔心時，就用此句回應。若反過來是你自己「不知道該怎麼辦？」時，則說 What should we do?

This is the best time of the year, isn't it?
這是一年中最好的季節，不是嗎？

But I wish it were warmer.
但若能再暖一點就好了。

> gorgeous 用在天氣、風景等方面有「極美好」的意思。I wish it were ... 是針對與現實不同的情況，以抱怨的口吻表達「要是～就好了」之意。

What should we do?
我們該怎麼辦？

Would you like to borrow my jacket?
要不要我的外套借給你？

> I'm freezing. 是「我冷得快要結冰了」之意。而 [should + V] 常用來表達「做～比較好」之意。

Do you know what I mean?
你懂我的意思嗎？

But you've seen worse, right?
但你看過更糟的情況，對吧？

> I feel like ... 是「我感覺像～」的意思，很適合用在像此例這樣的比喻。另外，以 Do you know what I mean? 這樣的句子來確認對方的理解程度，也是相當重要的會話技巧之一。

What should we do?
我們該怎麼辦？

Don't worry about it.
別擔心。

> 說 Don't worry about it. 比只用 Don't worry. 更有禮貌。請特別注意這句不能用 Don't mind. 來代替。

5 You like wine, don't you?

No.
不喜歡。

I don't drink.
我不喝酒。

Yes!
喜歡！

I love wine.
我很喜歡葡萄酒。

6 You don't hate dogs, do you?

No!
不討厭！

I love dogs!
我很喜歡狗！

Well ...
這個嘛……

I don't HATE them.
我並不「討厭」他們。

7 You know how to play Mahjong, don't you?

No.
不會。

I played once.
我玩過一次。

Yeah.
會。

But I'm not very good.
但我不是很擅長。

8 You haven't seen my umbrella, have you?

No.
沒看到。

You can borrow mine.
你可以借我的去用。

Yeah.
有。

It was over there.
就在那邊。

9 The humidity in the summer is so pleasant, isn't it?

Yes!
是啊！

I love wet clothes.
我最愛溼搭搭的衣服了。

Well ...
這個嘛……

I'm used to it.
我習慣了。

10 NT$300 for coffee is a bargain, isn't it?

Absolutely.
的確。

And NT$3,000 for dinner is so cheap.
而且晚餐只要三千元台幣，真便宜！

Well ...
這個嘛……

Sometimes coffee is overpriced.
咖啡有時太貴了。

But please have some if you like.
但如果你想喝，就請喝一些。

Why don't we have some?
我們來喝一點吧？

> I don't drink. 是「我不喝酒」之意，而 Do you drink? 就是「你喝酒嗎？」的意思。另外 Why don't we ... ? 表示「何不～」，這種輕鬆的提議口氣比起 Let's ... 來說，強迫感更低一些。

How about you?
你呢？

But I'm not an animal person.
但我不是個熱愛動物的人。

> an animal person 就是「熱愛動物的人」，而 a dog person 是「愛狗人士」，a cat person 就是「愛貓人士」。

But I don't remember the rules.
但我不記得規則了。

How about you?
你呢？

> I'm not very good. 的 good 是「擅長」的意思。因此第 2 個回答例句就是「不很擅長，但是會玩」的意思。此外，mahjong「麻將」現在正逐漸普及到世界各地。

Here you are.
來，給你。

I wonder if someone took it.
不知是不是有人拿走了。

> I wonder if ... 類似「不知道是不是～」這樣喃喃自語的感覺，使用時必須注意「I wonder if + S + V」這樣的順序。「不知道我做得到做不到」就說成 I wonder if I can do it.，「不知道我們錢夠不夠」則是 I wonder if we have enough money.。

I especially like going up the stairs in the summer. 我特別喜歡在夏天爬樓梯。

But I hate it when they really turn up the AC in restaurants.
但是我討厭冷氣太冷的餐廳。

> especially 是「特別地」之意。雖然很多人都採取 Especially ... 這樣的句型，將此字放在句首來用，但其實放在主詞之後、動詞之前才是基本用法。另外，第 1 個回答例句當然是在開玩笑。AC 是 air conditioning 的簡寫。

Bargains are everywhere.
到處都在打折呢。

But sometimes it's truly gourmet coffee.
不過也有真的那麼好喝的咖啡就是了。

> overpriced 指「價格過高」。若是「價格雖高，但確實有其價值」的話，則為 expensive。而本例的第 1 個回答例句也是開玩笑。

以 10~20 SPM 為目標吧！

即使是突破大學入學考試難關的學生、或是在 TOEIC® 測驗中獲得高分的人，很多都無法開口說英語。這些考試的優點，就是能具體測出明確的分數，不過，要是有能代表實際會話能力、運用英語能力的分數就更好了。

針對這點，我想出了一種稱為 SPM® 的標準。SPM 就是 Sentences Per Minute® 的縮寫，代表「一分鐘內能說出的英語句子數量」，也就是「英文的產出率（rate）」。這才是具有意義的英語會話標準。

我個人從 1999 年以來，就開始進行 SPM 調查。調查對象廣泛包含母語為英語者、母語非英語者、世界各國政治家、諾貝爾獎得主、演員、作家、商務人士、學生等等。結果，找出了全球通用的世界英語會話標準。那就是這些人在一分鐘內都能講 10~20 句英語。這 10~20 SPM 的數字乍聽之下很多，但如果 SPM 值低於 10，意味在會話中有很長的空檔，或會話一直處於斷斷續續的狀態。反之，若在 20 SPM 以上，則會明顯感覺到說話者語氣急促。因此，建議各位使用簡單的句子，將 10~20 SPM 視為英語會話的標準速度，作為努力的目標吧！

能以連續的語句順暢進行會話，並且對於 10~20 SPM 的對話速度遊刃有餘，才能算得上擅長英語會話。請先選擇自己覺得能回應的問題，看看在 1 分鐘或 30 秒內能說完幾句英語，持續練習之後，你一定也能達成 10~20 SPM 的目標。

Chapter 4

各類主題特訓

　　在本章中，日常生活裡常見的 12 個主題，從「你做什麼工作？」、「你有兄弟姊妹嗎？」、到「你覺得男女之間有友誼嗎？」之類的議題，將傾巢而出。請活用第三、第四章所學到的技巧，挑戰自我、努力延伸話題！並將自己的想法轉換成「3 階段問答形式」，然後徹底熟習起來！

Unit 1　最喜歡的東西 Favorites

來自教練的建議：請牢記這 2 種應答模式：5W1H 型和 Yes. / No. 型！

本單元的 3 階段問答句型大致分為 2 類，而回答方式也各自不同。像第 1~6 題的 What's ...? 或 Where's ...? 等 5W 類的問題，直接以單字簡答為其基本原則。至於 7~10 題的 Do you ...? 類問句，則用 [Yes / No 量表] 來回應。若行有餘力，還可接著說明自己喜歡的東西。另外，favorite ... 就是「最喜歡的~」之意，而非一般「喜歡的~」而已。

Round 1 首先　簡答

問句 + 回答

MP3 62　**MP3 128**

---

1 When's your favorite time of the day?
一天中你最喜歡哪段時間？

Sunset.
日落時。

Noon.
中午。

> s. 當然也可以更具體地回答像 Around 10 in the morning.「早上 10 點左右」，或 After 5.「5 點過後」等。

---

2 What's your favorite book?
你最喜歡哪一本書？

I don't have one.
沒有哪本特別喜歡的。

People Power.
《People Power》這本。

> s. 被問到這句時，最標準的答法就是直接說出書名。此時無須猶豫，可以直接說出專有名詞（書名）。

---

3 What's your favorite food?
你最喜歡的食物是什麼？

Japanese soba noodles.
日本蕎麥麵。

Well ...
這個嘛……

> s. 想回答「有很多，所以不知該講哪個」的話，就說 I'm not sure. There are so many.。一時不知如何回答的話，就用 Well ... 爭取些時間。

---

4 What's your least favorite food?
你最不喜歡的食物是什麼？

I can eat anything.
我什麼都吃。

Hot dogs.
熱狗。

> s. 和別人一起去吃飯時，了解對方不吃哪些東西是很重要的，而此句也就是在問「你有什麼不吃的嗎？」

⑤ Where's your favorite place in Japan?
你最喜歡日本的哪個地方？

Kyoto.
京都。

Okinawa.
沖繩。

此問題的最佳回答，就是舉出一個地名。但請同時做好在下一回合中必須補充說明的心理準備。

⑥ Where's your favorite restaurant?
你最喜歡哪間餐廳？

Fatty's.
叫「胖子」的餐廳。

The Black Pearl.
叫「黑珍珠」的餐廳。

此問句不是要問你最喜歡的餐廳位在何處，而是問店名。答出店名後，接下來就準備以 It's ... 來補充說明。

⑦ Do you have a favorite sport?
你有最喜歡的運動嗎？

Yeah, baseball.
有，棒球。

Not really.
沒特別喜歡的。

這種問句的用意和 What's your favorite ...? 幾乎完全相同。而回答 Yeah. 時，請勿就此打住，盡量將喜歡的事物也一起說出來較佳。

⑧ Do you have a favorite movie?
你有最喜歡的電影嗎？

Yeah, *Trains & Love*.
有，《火車與愛》。

I have so many favorites.
很多耶。

被如此具體地問到時，若能回答，就以 [Yeah, + 電影名稱] 的句型回覆。另外也可像第 2 句回答例句那樣，省略 No.，直接說 There are so many.。

⑨ Do you have a favorite website?
你有最喜歡的網站嗎？

Yeah, "Drudge Report."
有，「Drudge Report」。

Not really.
沒特別喜歡的

若「沒特別喜歡的」，就說 Not really.，若是「一個也沒有」，則回覆 No.。附帶一提，Drudge Report 是我個人每天都會看的網站。

⑩ Do you have a favorite artist?
你有最喜歡的藝術家嗎？

Yeah, Chen Cheng-po.
有，陳澄波。

No.
沒有。

artist 一般通常指畫家，而音樂家是 musician。

來自教練的建議：會話不是考試，請輕鬆地拓展話題內容！

回答問題時不用總是那麼嚴謹，就像第 2 題那樣，被問到「最喜歡的書」時，不要去煩惱「最喜歡的？嗯……哪本呢？」而是直接談起「作家」，亦即朝自己容易談論的方向去拓展話題也是可行的。會話不是考試，不需煩惱標準答案到底是什麼。但說話的「量」倒是很重要，請勿一句了結，要連續多句才好。務必用連續的句子表達出自己的訊息。Have fun!

1 When's your favorite time of the day?

Sunset.
日落時。

The sky's colors are magnificent.
天空的顏色如此美麗。

Noon.
中午。

My morning rush is over.
早上的忙亂總算告一段落。

2 What's your favorite book?

I don't have one.
沒有哪本特別喜歡的。

My favorite author's Forest Uptown.
我喜歡的作家是佛伊斯特・阿普湯。

People Power.
《People Power》這本。

It's the bible of human relations.
這本可說是人際關係的聖經。

3 What's your favorite food?

Japanese soba noodles.
日本蕎麥麵。

They are brown thin noodles.
是細細的褐色麵條。

Well ...
這個嘛……

I'm into Vietnamese food recently.
我最近很迷越南菜。

4 What's your least favorite food?

I can eat anything.
我什麼都吃。

But I don't like exotic foods like frogs.
但我不喜歡像青蛙之類的怪異食物。

Hot dogs.
熱狗。

It doesn't taste like real meat.
吃起來不像真的肉。

來自教練的建議：稍微誇張的說法也很適合用來活絡對話。

　　用來活絡對話的句子，多半屬於有點誇張的表達方式，例如第 2 題的 He writes beautifully!「他用的詞句好美！」或第 6 題的 But the food is amazing!「但食物超棒的！」等都是。至於第 3 題的表達方式，就英語來說並不誇張，但「每個禮拜吃一次」這種說法，多半能引起對方「喔，真的嗎？」的反應，相當具說服力。

How about you?
你呢？

And I can finally relax.
所以我終於能鬆一口氣。

> ⓢ magnificent 一詞用來形容「非常美麗的」外觀，和 gorgeous 或 beautiful 同義。請試著運用這種方式，生動地傳達自己最喜歡該事物的理由。

He writes beautifully!
他用的詞句好美！

Have you ever heard of it?
你有聽過這本書嗎？

> ⓢ 說出專有名詞後，最好能接著以 Have you ever heard of it? 這樣的句子，來確認對方是否聽過。但 Do you know it? 並不適用於本例內容，請特別注意了。

Would you like to go sometime?
要不要找個時間一起去？

I have it about once a week.
我大約一個禮拜吃一次。

> ⓢ I'm into ... 是「我熱衷於～」之意。

How about you?
你呢？

I wonder if it's real meat.
我懷疑它是不是真的肉。

> ⓢ 所謂的 exotic foods 是哪些，依文化不同也會有所差異，故請特別小心。而 taste 是動詞，為「吃起來有～的味道」之意。另外，I wonder if ... 是「不知是不是～」的意思，例如「不知我行不行」I wonder if I can. 這句就很常用。

 首先 簡答 接著 詳答

5 Where's your favorite place in Japan?

Kyoto.
京都。

I love the historical sights.
我喜歡古蹟。

Okinawa.
沖繩。

It's an island in southern Japan.
是位在日本南方的島嶼。

6 Where's your favorite restaurant?

Fatty's.
叫「胖子」的餐廳。

It's a hole in the wall.
是間普通的、小小的店。

The Black Pearl.
叫「黑珍珠」的餐廳。

It's a really nice steak house.
是間很高級的牛排館。

7 Do you have a favorite sport?

Yeah, baseball.
有，棒球。

I just watch it these days though.
我這幾天才在看。

Not really.
沒特別喜歡的。

I used to be good at swimming though.
不過我以前很會游泳。

8 Do you have a favorite movie?

Yeah, *Trains & Love*.
有，《火車與愛》。

It's about people meeting on trains.
講的是在火車上邂逅的故事。

I have so many favorites.
很多耶。

It's hard to pick one.
很難選。

9 Do you have a favorite website?

Yeah, "Drudge Report."
有，「Drudge Report」。

It's a news website.
是個新聞網站。

Not really.
沒特別喜歡的。

I don't use the Internet often.
我不常上網。

10 Do you have a favorite artist?

Yeah, Chen Cheng-po.
有，陳澄波。

He drew beautiful pictures of Taiwan.
他畫了很多美麗的台灣畫。

No.
沒有。

I'm not into art.
我並不熱衷於藝術。

Have you ever been to Kyoto?
你去過京都嗎？

It's warm all year.
那裡四季如春。

Ⓢ 若非有名的地點，則以 It's a city / village in northern / eastern / western Japan.「在日本北 / 東 / 西邊的城市 / 村莊」之類的句子來補充說明，對方會較容易理解。

But the food is amazing!
但食物超棒的！

How about you?
你呢？

Ⓢ a hole in the wall 直譯為「牆上的洞」，但這通常用來表示「小小的、很普通」之意。而 amazing 是「非常棒（好吃）」的意思，用 delicious、good 當然也行。

Do you have a favorite sport?
那你有最喜歡的運動嗎？

How about you?
你呢？

Ⓢ 像 Do you have a favorite sport? 這樣，用完全相同的句子回問的方式，幾乎在哪種情境下都適用。而此處若用 How about you? 回問，則會被對方誤以為是針對前一句的內容來詢問「你呢？」

Have you ever heard of it?
你有聽過這部片嗎？

How about you?
你呢？

Ⓢ It's about ... 是「關於～的故事」之意。而 pick 為「選擇」的意思，和 choose 一樣。一旦說出了專有名詞，則最好的回問句就是 Have you ever heard of it?。請別忘了像這樣與對方進行確認喔！

You should check it out.
你應該去看看。

What do you recommend?
你推薦什麼網站？

Ⓢ You should check it out. 雖然不是回問句，卻是能將球丟還給對方的好句子。

How about you?
你呢？

Most of my friends like Picasso.
我大部分的朋友都喜歡畢卡索。

Ⓢ Most of my friends 是「我大部分的朋友」之意。很多人會把這裡的 most 誤用為 almost，請特別注意了。而 art 一般是指「藝術、繪畫」。附帶一提，我個人最喜歡的畫家是 Michelangelo（米開朗基羅）。

Unit 2　家庭 Family

> 來自教練的建議：最重要的就是在「簡答回合」中立即回應！
>
> 本單元集合了有關家族的代表性問題，不過卻是以各式各樣的句型出現。其中不少是以「你的家人是怎樣的人」之意的 [What's 某人 like?] 這類句子來問，而其回答方式，就是以「很溫柔」、「很嚴格」等形容詞來簡答。對於自己想談的話題，也可以由自己來提問，對方通常也會回問你同樣問題，這也正是讓會話順利進行的訣竅之一喔！

Round 1　首先　簡答

 MP3 65　MP3 129　問句 + 回答

(1) Do you look like your mom or your dad?

你看起來像你媽還是你爸？

My dad.
我爸。

Neither.
都不像。

> ⑤ 被這樣問到時，基本上就在 My mom. 或 My dad. 中選一個回答。若兩邊都不像，就回覆 Neither. 。

(2) What's your mom's personality like?

你媽媽的個性怎麼樣？

Sweet and hard-working.
溫柔又勤奮。

Well ...
這個嘛……

> ⑤ What's ... like? 是「～是什麼樣的呢」之意，而其回答就先以形容詞做單字簡答。另外，「溫柔的」用 sweet、kind 或 nice 都可以。

(3) What's your dad's personality like?

你爸爸的個性怎麼樣？

Even-keeled.
沉穩。

Fun sometimes.
有時候很有趣。

> ⑤ even-keeled 本意是「平穩的」，而 keel 原本是航海、船舶方面的用語，指「傾覆」。

(4) Do you have any brothers or sisters?

你有兄弟姊妹嗎？

Yeah.
有。

No.
沒有。

> ⑤ 由 於 這 句 不 如 Tell me about your family.「談談你的家人吧」那麼直接，所以較適合用來開啓話題。

⑤ Is everyone in your family in good health?

你的家人都健康嗎？

🧤 **Well ...**
這個嘛……

🧤 **Yeah.**
是啊。

> 🧢 這個問題請用 [Yes / No 量表] 來回答。而一言難盡或不知如何回答才好時，請用 Well ...。

⑥ Have you ever had a pet?

你有養過寵物嗎？

🧤 **Yeah.**
有。

🧤 **No.**
沒有。

> 🧢 Do you have a pet? 的問法基本上和此句相同，而回答時用 [Yes / No 量表] 簡答即可，不須用 Yes, I do. 這樣完整的句子。

⑦ Who do you live with?

你和誰一起住？

🧤 **I live by myself.**
我自己一個人住。

🧤 **My family.**
和家人一起。

> 🧢 詢問對方的家族成員時，這句是最佳問法。而回答就用 My parents / wife / boyfriend / girlfriend. 等。

⑧ What does or did your dad do for a living?

你爸爸現在或以前是做什麼的？

🧤 **He worked for an oil company.**
他以前在石油公司上班。

🧤 **He is a journalist.**
他是記者。

> 🧢 基本的回答方式有 2 種，[He is / was a 職稱.] 或 [He works / worked for a ～ company.]，注意不須說出公司名稱。

⑨ What does or did your mom do for a living?

你媽媽現在或以前是做什麼的？

🧤 **She is a Chinese teacher.**
她是個國文老師。

🧤 **She is a stay-home-mother.**
她是家庭主婦。

> 🧢 stay-home-mother 就是「家庭主婦」的意思，這個詞比 housewife 更常用。至於 housekeeper 則是「管家」，請別搞混了。

⑩ Do your relatives ever get together?

你的親戚們會聚在一起嗎？

🧤 **Yeah.**
會啊。

🧤 **Not really.**
不太會。

> 🧢 若是「偶爾」就說 Sometimes.。也可回答「我沒什麼親戚耶」I don't have many relatives.。

> 來自教練的建議：想要掙脫困難問句，就靠這招。
>
> 　　練習回答本書全部的問題時，若全都要用自己認同的答案來回答，那可能會累昏吧！在日常生活中也一樣，由於話題有無限多種，因此為了防患未然，請先把以下這句用來對付難答問題的句子，放到你的百寶箱中。這句就是第 2 題的 It's hard to describe in English.，意思是「這很難用英語解釋」。

1 Do you look like your mom or your dad?

My dad.
我爸。

We have similar eyes and ears.
我們的眼睛和耳朵很像。

Neither.
都不像。

I look like my aunt.
我長得像阿姨。

2 What's your mom's personality like?

Sweet and hard-working.
溫柔又勤奮。

She doesn't spend money on herself.
她都不花錢在自己身上。

Well ...
這個嘛……

It's hard to describe in English.
這很難用英語解釋。

3 What's your dad's personality like?

Even-keeled.
沉穩。

He almost never raises his voice.
他幾乎從不發脾氣。

Fun sometimes.
有時候很有趣。

He's strict other times.
他有時候很嚴格。

4 Do you have any brothers or sisters?

Yeah.
有。

I have two brothers.
我有兩個哥哥 / 弟弟。

No.
沒有。

I liked being the only child.
我很高興自己是獨生子 / 女。

 首先 簡答 接著 詳答 進一步 活絡對話

來自教練的建議：若能以 3 階段形式妥善鋪陳內容，就能用簡單的英文開玩笑喔！

你覺得自己要用英語開玩笑還太早嗎？其實沒這回事。用簡單的英語也能開玩笑，而關鍵就在於必須用 3 階段形式好好鋪陳內容。

像第 1、2、9 題的英文，與其說是有趣，不如說是以「3 階段」形式做出引人發噱的連續好句。請用簡短的句子連續出擊，一起挑戰用英語開玩笑吧！

How about you?
你呢？

She's a super-model.
她是個超級模特兒。

第 2 句回答例句當然是在說笑，但在第 1、2 回合必須正經地回答，才有效果。而若想再進一步活絡對話，就再補充一句 Just joking.「騙你的啦」、「開玩笑的」。

She's the opposite of my dad.
她和我爸完全相反。

Tell me about your mom's personality first. 你先告訴我你媽媽的個性吧。

It's hard to describe in English. 這句在無法立即回答時，最為好用。而一時講不出話時，可試著用 Tell me about your ... 之類的句子，將發話權推還給對方。

And he likes to do his own thing.
而且他喜歡做自己的事。

How about your dad?
你爸呢？

raise one's voice 是「提高音量、大聲講話」的意思，和 yell、scream 同義。而 ... sometimes. ... other times. 就是「有時～。其他的時候則～」之意。

I'm the youngest.
我是么子 / 女。

Are you an only child?
你是獨生子 / 女嗎？

「獨生子 / 女」就是 only child，而「長男 / 女」則是 the oldest、「中間的」則說成 in the middle。附帶一提，I'm the oldest. I have two sisters. How about you?

(5) Is everyone in your family in good health?

Well ...
這個嘛……

We all need to lose weight.
我們都需要減肥。

Yeah.
是啊。

My parents are getting old.
我父母都老了。

(6) Have you ever had a pet?

Yeah.
有。

I have a cute little dog.
我養了一隻可愛的小狗。

No.
沒有。

I'm allergic to most pets.
我對大部分寵物都過敏。

(7) Who do you live with?

I live by myself.
我自己一個人住。

My family lives in my hometown, Hsinchu.
我的家人都住在老家，新竹。

My family.
和家人一起。

I'm married.
我結婚了。

(8) What does or did your dad do for a living?

He worked for an oil company.
他以前在石油公司上班。

But now he takes care of the house.
不過他現在是家庭主夫。

He is a journalist.
他是記者。

He works for a small newspaper.
他為一家小報社工作。

(9) What does or did your mom do for a living?

She is a Chinese teacher.
她是個國文老師。

She teaches at a junior high school.
她在國中教書。

She is a stay-home-mother.
她是家庭主婦。

My dad never does housework.
我爸從不做家事。

(10) Do your relatives ever get together?

Yeah.
會啊。

We visit each other's house during New Year's.
新年期間我們會到彼此家中拜訪。

Not really.
不太會。

We got together for a funeral two years ago though. 不過兩年前我們曾因為喪禮而聚在一起。

How about your family?
你的家人呢？

But they're active and healthy.
但他們都很有活力又健康。

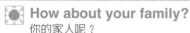 lose weight 就是「減重」、「減肥」之意，「我得要減肥才行」就說成 I need to lose weight.，而其相反詞是 gain weight。另外，active 是指「活躍、有精神」。

Her name is Goldfish.
她叫「金魚」。

How about you?
你呢？

I'm allergic to ... 是「對～過敏」之意。而 allergy 是指如 hay fever「花粉症」等的過敏。

How about you?
你呢？

And I have three daughters.
而且我有 3 個女兒。

詳答時若採取「住在某某地方」等包含專有名詞的回答時，請別回答得太簡潔。要像此處的回答例句那樣，以「我的老家在新竹」這類句子來補充說明才好。

And my mom works.
而我媽在外面工作。

How about your dad?
你爸爸呢？

take care of ... 的後面不只能接「人」，也能像本例這樣接上 house 等物。至於「家庭主婦（夫）」，則用 stay-home-mother (father)。

How about your mom?
你媽媽呢？

Even though he's retired!
即使他都已經退休了！

Even though ... 是很能充分活絡對話的一種說法。在 Even though 之後接著敘述，表示「即使都～了」之意，例如 Even though it's sunny. 就是「即使都放晴了」。

We travel together sometimes too.
我們有時候還會一起旅行。

How about you?
你那邊呢？

get together 是「聚在一起、會面」之意，而此時不太會用 gather 這個字。另外，意思相近的 reunion 則是指同學會那種大型「聚會」。

來自教練的建議：這是全世界共通、無關痛癢的聊天話題第一名。

「天氣」，不論在陌生人還是熟人之間，都能輕鬆成為話題。但這種話題也很容易流於單純的寒暄，接著就後繼無力。會話的基本原則就是將簡單的句子串連起來表達，故請參考本單元例句，嘗試擴展天氣的話題，並用自己的話來練習並熟記。

 首先 簡答 MP3 68 MP3 130 問句 + 回答

1 Do you like cold or hot weather?

你喜歡冷天還是熱天？

> **Cold weather.**
> 冷天。
>
> **Hot weather.**
> 熱天。

> 對於 A or B? 這類問題，請直接了當地選一邊回答吧！而此時若「兩邊都喜歡」，就說 Both.，「兩邊都不喜歡」，則說 Neither.。

2 What do you think of today's weather?

你覺得今天天氣如何？

> **It's nice.**
> 很好。
>
> **It's getting warm.**
> 越來越暖了。

> 表示「天氣好」時，較常用 nice 或 sunny，而非 fine。另外 get cold 為「變冷」，get ... 就是「變得～」之意。I got tired. 則是「我累了」。

3 Did you check the weather forecast today?

你今天有看天氣預報嗎？

> **No.**
> 沒有。
>
> **Yeah.**
> 有。

> 其它還有像 What's the weather gonna be like? 「今天天氣會怎樣」，或 Is it gonna rain today? 「今天會下雨嗎」等類似問句。

4 Do you get cold easily?

你很怕冷嗎？

> **No.**
> 不會。
>
> **Yeah.**
> 是的。

> 「怕熱」就說成 get hot easily。「但我現在不覺得冷」則說成 But I'm not cold now.。

(5) What's spring like where you live now?

你現在住的地方春天時是怎樣的？

Lovely.
很美。

Rainy and cold.
又濕又冷。

> 🗨 What's ... like? 是「～是怎樣的」之意，屬於日常生活中相當常見的問句。而以 3 階段形式回答時，第一句簡答請用形容詞。

(6) What's summer like where you live now?

你現在住的地方夏天時是怎樣的？

Uncomfortable.
很不舒適。

Not too bad.
還行。

> 🗨 描述季節時可用 Beautiful.「非常美好」，或 Hot and humid.「又濕又熱」等詞。而 Not too bad. 則是「沒有那麼糟」的意思。

(7) What's fall like?

秋天感覺如何？

Very pleasant.
十分宜人。

Beautiful.
很美。

> 🗨 若要說「會下雨又很冷」的話，就用 Rainy and cold.。另外，也可回答 Typhoons usually come in September.「颱風通常會在 9 月來」等句子。

(8) What's winter like?

冬天感覺如何？

Cold.
很冷。

Depressing.
很陰鬱。

> 🗨 也可以回答 Cold and dark.「寒冷又陰暗」之類的話。

(9) What temperature do you set your AC on in summer?

你夏天冷氣都開幾度？

Well ...
這個嘛……

As cold as possible.
盡可能冷。

> 🗨 由於對方是問「幾度？」所以像 27 degrees celcius.「攝氏 27 度」這樣直接回答出溫度也可以。而若是不記得，則可回答 I don't remember.。

(10) When's the best time of the year to visit Taiwan?

一年中哪個時候去台灣最好？

Fall.
秋天。

Anytime.
隨時都好。

> 🗨 這種時候請用月份名稱或季節名稱來回答。而在此同時，若已有補充「這是因為～」的心理準備，那麼下一回合的話應該就能輕鬆脫口而出了。

來自教練的建議：在真實的會話中，即使是天氣這種話題也可運用加一法則補充說明。

與天氣相關的話題大家應該都很熟悉了，但重點在於，不可單句簡答就了事。像在學校英語課學的 "How's the weather today?" → "Cloudy!"「今天天氣如何？」→「是陰天。」這種一問一答，在真實對話中根本不可能出現。加一法則正是會話的生命，請大家務必銘記於心。

1 Do you like cold or hot weather?

Cold weather.
冷天。

Because it makes me alert.
因為這樣讓我比較清醒。

Hot weather.
熱天。

I'm miserable when I'm cold.
冷的時候我會覺得很悲慘。

2 What do you think of today's weather?

It's nice.
很好。

I can put the laundry out.
我可以把衣服拿出去曬。

It's getting warm.
越來越暖了。

The next season is coming.
快要換季了。

3 Did you check the weather forecast today?

No.
沒有。

I almost never check it.
我幾乎都不看。

Yeah.
有。

They said it might rain this afternoon.
聽說下午可能會下雨。

4 Do you get cold easily?

No.
不會。

If I'm cold, I just wear warm clothes.
我如果覺得冷，就穿暖一點。

Yeah.
是的。

The winters are tough for me.
冬天對我來說很痛苦。

來自教練的建議：想表達成語或特定語詞時，
請以連續的句子來分解說明。

很多人說「英文要好，就得用英文來思考」，不過想要說的話，還是用母語來整理比較好。重點在於，怎麼把母語轉換成英語。一般人最容易掉入的陷阱，就是把母語的內容直接替換成英文單字或諺語。例如第 2 題回答例句的「換季」，想找到對應的英文單字根本是浪費力氣。此時就不要拘泥於單一詞彙，改以連續的句子來表達才是王道。

Hot weather makes me lethargic.
熱天讓我昏昏欲睡。

How about you?
你呢？

alert 是「頭腦清醒、注意力集中」之意。相反詞為 lethargic 或 sleepy。

It dries quickly in the sunshine.
晴天時衣服乾得比較快。

How do you like today's weather?
你喜歡今天的天氣嗎？

想表達「換季」這個詞，不需拼命尋找對應的英文詞彙，用句子來說明就是如此簡單而已。

How about you?
你呢？

I hope not.
希望別下。

They said ... 的 They 是指「大家、人們」。而 I hope not. 則是「我希望不會那樣」的意思。

In hot weather, there's nothing you can do. 天氣熱時，就束手無策了。

How about you?
你呢？

There's nothing you can do. 是「沒辦法、無計可施」之意。在此也可說成 There's nothing you can do in hot weather.。

5 What's spring like where you live now?

Lovely.
很美。

The temperature is just right.
氣溫剛剛好。

Rainy and cold.
又濕又冷。

Some days are nice though.
不過也有天氣好的日子。

6 What's summer like where you live now?

Uncomfortable.
很不舒適。

The worst thing is the humidity.
最糟的就是濕氣了。

Not too bad.
還行。

It's a great season for water sports.
是做水上活動的好季節。

7 What's fall like?

Very pleasant.
十分宜人。

The humid summer days are gone.
濕氣重的夏天過去了。

Beautiful.
很美。

I love it when the leaves change colors.
我最喜歡樹葉變紅的時期。

8 What's winter like?

Cold.
很冷。

But there's not a lot of snow.
不過不太會下雪。

Depressing.
很陰鬱。

It gets dark early.
天很早就黑了。

9 What temperature do you set your AC on in summer?

Well ...
這個嘛……

I try not to use AC.
我試著不用冷氣。

As cold as possible.
盡可能冷。

My wife likes the opposite though.
我太太則相反。

10 When's the best time of the year to visit Taiwan?

Fall.
秋天。

The seasonal foods are terrific.
當季的食物真是棒。

Anytime.
隨時都好。

Each season has its own traditions.
每個季節都有其傳統活動。

The best thing is the cherry blossoms though. 不過最棒的還是櫻花了。

How about where you live?
你住的地方如何呢？

How about where you live?
你住的地方如何呢？

I love the ocean.
我愛大海。

Fall's refreshing, isn't it?
秋天真的很清新，不是嗎？

Don't you love the scenery in fall?
你不喜歡秋天的風景嗎？

How about where you live?
你住的地方如何呢？

Everyone has a harsh look on their face.
每個人都表情痛苦。

AC all the time isn't good for you, right?
整天吹冷氣對身體不好，對吧？

We always argue about it.
我們總是在這點上爭執。

And the weather's so nice.
而且天氣那麼好。

When's the best time to visit your country? 那什麼時候去你的國家最好呢？

在句尾加上 though，就等於承接之前所說的內容，表示「不過～就是了」之意，這在會話中很常用。另外，第 2 個回答例句的反問句，用 How about you? 也通，不過本例的說法更好。

「最糟的就是～」說成 The worst thing is ...。反之，「最棒的就是～」則說成 The best thing is ...。而這類句型很適合像第 5 題那樣，利用來做補充說明。

refreshing 是「清爽」之意。而 [I love it when S + V.] 就是用來表達「我最喜歡 S + V 的時候」的句型，很適合用來補充說明或活絡對話。

不論是可數名詞還是不可數名詞，皆可使用 a lot of。另外，harsh 有「痛苦」之意。

I try not to ... 是「我盡量不做～」的意思。而 argue about ... 是「針對～爭吵」，和 fight about ... 同義。

這也是經常會被不同文化的人問到的問題之一，所以請預先準備好自己的答案吧。

來自教練的建議：寒暄之後的必聊主題——「工作」。

這也是個全世界共通的話題，尤其是在寒暄之後，聊到職業、工作的機會其實非常多。即使你是學生或家庭主婦，也一定要能好好回應才行。不論是過去的工作，還是打工的經驗，一定有可聊的內容。其他單元只要有 80% 的完成率即可，但是此主題請 100% 達成後再繼續下一單元。尤其是第 1、2、6 題，務必要徹底熟習！

Round 1 首先 簡答

MP3 71　MP3 131　問句＋回答

① What do you do?
你做什麼工作？

🥎 **I'm an accountant.**
我是會計師。

🥎 **I'm a stay-home-mother (father).**
我是家庭主婦（夫）。

> ⓢ 想問對方的工作時，與其問 What's your job?，不如用此句更為適切。而回答請用 [I'm a + 職業名.] 或 [I work for + 公司名.] 等句型。

② How long have you been doing that?
你現在的工作做多久了？

🥎 **About seven years.**
大約 7 年。

🥎 **Too long.**
太久囉。

> ⓢ 這句是在問工作期間有多長，因此直接以數字回覆就可以了。若是大略估算的數字，請在句首加上 about。另外，回答例句的 Too long. 是在開玩笑。

③ Do you like what you do?
你喜歡現在的工作嗎？

🥎 **Yeah.**
喜歡。

🥎 **Well ...**
這個嘛……

> ⓢ 此問句請以 [Yes / No 量表] 來回答。雖屬稍微越界的話題，但也代表對方對你產生了興趣。

④ Why did you decide to do that job?
你為什麼決定要做這個工作？

🥎 **For the money, to tell you the truth.**
說實話，是為了錢。

🥎 **Because I like it.**
因為我喜歡這工作。

> ⓢ 針對 Why ...? 這類問句，請回答理由或目的。而回答例句中的 Because 可以省略，說出前因後果即可。

(5) Have you been busy recently?
你最近很忙嗎？

Not really.
還好。

Yeah.
很忙。

S 由於是 Have you ...? 這種問句，故請以 [Yes / No 量表] 來回答。若想回答「非常忙！」時，就直截了當地說 Yes! 即可。

(6) What jobs have you done in the past?
你以前做過哪些工作？

Just part-time jobs.
只打過工。

I worked in a different section.
我在另一個部門工作。

S 對於此問，並不須回答出公司名稱，以 I worked for a car / oil / media company.「我曾在汽車 / 石油 / 媒體公司工作」這類說法回答即可。

(7) What was your first part-time job?
你第一次打工是做什麼？

I worked at a restaurant.
我在餐廳工作。

I taught math.
教數學。

S part-time job 指「兼職工作」。「我沒有打過工」說成 I've never had a part-time job.。

(8) Are you satisfied with your income?
你對你的收入滿意嗎？

Well ...
這個嘛……

Not really.
不怎麼滿意。

S 這個問題有點私人，但若聊著聊著就自然地聊到了也無可厚非。而這句比 How much is your income? 的問法委婉。

(9) What did you want to be when you were a child?
你小時候想成為什麼樣的人？

Probably a truck driver.
大概是卡車司機吧。

An artist.
畫家。

S Probably 是「大概」的意思，若已記不清當時狀況，就利用這個詞來回答。這比 Maybe ... 的應用範圍更廣。

(10) What's your ideal job?
你心目中的理想工作是什麼？

A rock star.
搖滾巨星。

My job now with better pay.
現在的工作，但薪水較高。

S 基本的回答句型為 [A + 工作名稱.]。想表示「若現在的工作可以有更多休假就好了」的話，就用 My job now with more time off.。

首先 簡答 接著 詳答

來自教練的建議：補充詳答也別只說一句，兩、三句都可以。

請嘗試在此詳答回合，以兩、三句連續的句子來補充說明。

尤其是像 1~4 題這樣連續性的問題相當常見，故請練習以不間斷的方式來做詳答說明。

1. What do you do?

I'm an accountant.
我是會計師。

I work for a computer company.
我在電腦公司工作。

I'm a stay-home-mother (father).
我是家庭主婦（夫）。

I have three children.
我有 3 個小孩。

2. How long have you been doing that?

About seven years.
大約 7 年。

I used to work for a bank.
我以前在銀行工作。

Too long.
太久囉。

I want to find a new job.
我想換工作。

3. Do you like what you do?

Yeah.
喜歡。

The people at work are nice.
公司的人都很和善。

Well ...
這個嘛……

It's challenging.
很有挑戰性。

4. Why did you decide to do that job?

For the money, to tell you the truth.
說實話，是為了錢。

Also I need the job security.
而且這工作很穩定。

Because I like it.
因為我喜歡這工作。

I thought it's just right for me.
我想這工作就是很適合我。

來自教練的建議：若能在 2 分鐘內以 3 階段形式答完 10 題，就有 15 SPM 的水準。

在各章中我一直不厭其煩地提醒大家，必須設定時間限制來練習 3 階段式對話，才能大幅提升英語會話力。各位有確實做到嗎？正如我在專欄中 (P.154) 提過的，以英語為母語的人，每分鐘能說的句子數量大約為 10~20 SPM。若在 2 分鐘能以 3 階段形式答完 10 題，你的英語會話力就有 15 SPM 的水準。所以請準備好計時器，繼續加油吧！

How about you?
你呢？

They keep me busy.
他們讓我一直很忙。

⒮ 若答出了公司名稱，請記得以 Have you ever heard of it? 來向對方確認。

Then I had my first child and quit.
接著我有了第 1 個小孩後就辭職了。

How about you?
你呢？

⒮ I had my first child 的 had 是指「生了」。表示「生產」時，have 比 give birth to ... 更常用。另外，「換工作」可說成 find a new job。

And the work environment is wonderful.
而且工作環境很好。

I don't have an easy job.
我的工作可不輕鬆。

⒮ The people at work 為「同事」、「公司的人」之意。而 challenging 屬於「雖然很辛苦，但很有價值」這種積極的詞彙。

I want to do something else in the future.
將來我想做些不同的事。

How about you?
你呢？

⒮ job security 是「工作的穩定」之意，比 job stability 更常用。

Unit 4 工作 Career　**179**

⑤ Have you been busy recently?

Not really.
還好。

I'm not as busy as I was before.
我沒以前那麼忙了。

Yeah.
很忙。

Next month is the busiest time of the year for me.
下個月是我一整年中最忙的時候。

⑥ What jobs have you done in the past?

Just part-time jobs.
只打過工。

This is my first full-time position.
這是我第一個全職工作。

I worked in a different section.
我在另一個部門工作。

My old section was marketing.
我原本在行銷部。

⑦ What was your first part-time job?

I worked at a restaurant.
我在餐廳工作。

My first job was a dishwasher.
我的第一個工作是洗盤子。

I taught math.
教數學。

I tutored students at their homes.
我到學生家當家教。

⑧ Are you satisfied with your income?

Well ...
這個嘛……

It goes up and down every month.
每個月的收入都不一樣。

Not really.
不怎麼滿意。

But these are tough times.
不過現在景況不好。

⑨ What did you want to be when you were a child?

Probably a truck driver.
大概是卡車司機吧。

I loved trucks and buses.
我以前很喜歡貨車和巴士。

An artist.
畫家。

I loved drawing and painting.
我以前很喜歡畫畫。

⑩ What's your ideal job?

A rock star.
搖滾巨星。

I like singing and writing poetry.
我喜歡唱歌和寫詩詞。

My job now with better pay.
現在的工作，但薪水較高。

My pay is a joke.
我現在的薪水少得可憐。

How about you?
你呢？

So I'm busy preparing.
所以我現在忙著作準備。

在詳答和活絡對話回合中，請明確地說出何時、為了什麼事而忙碌。[I'm busy + Ving.] 就是「我忙於～」的意思。

How about you?
你呢？

Before that, I worked in administration.
在那之前，我在管理部工作。

full-time position 的 position 就是指「職務」，故也可用 job 來替換。而 My old section 的 old 是指「之前的」。

After that, I did tele-marketing.
後來我去做電話行銷的工作。

How about you?
你呢？

要組合出連續句子時，用 After that, ... And then ...「在那之後做了～。然後又做了～」這種句型就很方便。乍看之下很簡單，不過請練習以自己的話快速說出來試試。

I wish I had more steady income.
我希望收入能更穩定。

I'm lucky to have a steady job.
我很幸運能有個穩定的工作。

I'm lucky to have ... 這句包含了「我能有～真是幸運」這種心懷感激之意。而 go up and down 則是「有變動」的意思。

How about you?
你呢？

Now I just want to be rich.
現在我只想變有錢。

第 2 個回答例句是在開玩笑。若不把 Now I just want to be rich. 這句話用玩笑口吻來講，就會被當成視錢如命的人喔！

And I wanted to be rich and famous.
而且我想要名利雙收。

How about you?
你呢？

My pay is a joke. 的 joke 等於是「上不了檯面的東西」。例如，My university is a joke. 或 English education in Taiwan is a joke. 等用法。

Unit 5　日常生活 Your Daily Life

來自教練的建議：回想今天發生過的事，以「口述日記」來提升實力！

　　本單元主題非常重要，請以 100% 達成為目標進行練習。本單元的問題分為 ① 自己的習慣、② 最近發生的事，這兩大類。而不論是哪一類，只要平常說慣了就很簡單。把例句中的 usually 換成 today，養成每晚睡前以 What did you ... today? 這句針對「今天發生的事」來自問自答的口述日記更好。就從今晚開始執行吧！

 首先 簡答  問句+回答

① What do you do in your free time?
你閒暇時做些什麼？

- **I relax and sleep.**
  放鬆和睡覺。
- **I watch TV and read comics.**
  看電視和漫畫。

> 想問對方的興趣時，不太會用 What's your hobby? 這種句子，反倒是本例的問法比較常見。至於回答則用 [I + V.] 的句型。

② What time do you usually get home?
你通常幾點到家？

- **About 7.**
  差不多 7 點。
- **Whenever I feel like it.**
  看心情。（我想回家時就回家）

> 若是「我盡量在晚飯前回到家」，就說 I try to get home by dinner time.。當然也可以回答 It depends.「看情形」。

③ What time do you usually get up?
你通常幾點起床？

- **Around 6.**
  大約 6 點。
- **7 or 8 on weekdays.**
  平日大約是 7 或 8 點。

> 這時候不須要精確地回答，故以 Around ... 來回覆「大概幾點」就行了。

④ Tell me about your morning routine.
說說你每天早上都做哪些例行公事吧。

- **I get up around 7.**
  我大約 7 點起床。
- **I get my children ready.**
  我得打理我的小孩。

> morning routine 是指「早上一定要做的事」。例如起床做早餐、送小孩到幼稚園……等等。

(5) How is your day going so far?

你今天到目前為止過得如何？

🤜 **Great.**
很好。

🤜 **Same as always.**
一如往常。

> 🄢 遇到 How ...? 這類問句，基本上都用形容詞回答。若是「普通」，就說 Not bad.，若是「不怎樣」，則回答 So-so.。注意 so-so 含有否定的語氣。

(6) Are you usually late or on time?

你通常都晚到還是準時到？

🤜 **On time.**
準時到。

🤜 **A little late.**
稍微晚一點。

> 🄢 若是「我盡量遵守時間」，就說 I try to be on time.。而 a little ... 是「有點～」之意，很適合用來表達委婉的語氣。

(7) How do you get around usually?

你通常都怎麼四處移動？

🤜 **By train and bus.**
坐電車和巴士。

🤜 **By car.**
開車。

> 🄢 這是在詢問你用的交通工具，而回答時請用 [By + 交通工具 .] 的句型。另外，get around 的原意就是「到四處去」。

(8) Do you have any plans for tonight?

你今晚有任何計劃嗎？

🤜 **Well ...**
這個嘛……

🤜 **Yeah.**
有。

> 🄢 這句不只是對方想邀請你時會問，單純想了解一下你的行程時，也可能會問這句。而簡答就請先用 [Yes / No 量表]。

(9) What do you do on the weekends?

你週末都在做什麼？

🤜 **I just relax.**
我就放輕鬆而已。

🤜 **I go fishing a lot.**
我經常去釣魚。

> 🄢 對於尋求資訊的問句，就以 [S + V.] 的句型來回答。例如「和小孩一起玩」就說成 I play with my children.。「在公園散步」則為 I take a walk in the park.。

(10) Have you done anything exciting recently?

你最近有做什麼有趣的事嗎？

🤜 **Yes!**
有！

🤜 **Not really.**
沒什麼特別有趣的。

> 🄢 越是無法立即回答的問題，越應該利用本書來統整自己的想法並練習表達出來。這將成為英語會話上的極大助力。加油吧！

 首先 簡答　接著　詳答

MP3 75

來自教練的建議：在溝通過程中，「量」是決勝關鍵。

只要多練習說，英語會話能力就一定會提升。而口說練習時，最需要的就是「量」。說得越多，英語就越好。真實世界中的溝通也一樣，「量」就是關鍵。說話的量越大，訊息也就更容易傳達。請別覺得「要說這麼多話……好可怕」只要像回答例句那樣，將簡單的句子銜接起來就可以了。加油！

1 What do you do in your free time?

I relax and sleep.
放鬆和睡覺。

My everyday life is so stressful.
我每天都壓力好大。

I watch TV and read comics.
看電視和漫畫。

I'm a huge fan of Japanese TV dramas.
我是超級日劇迷。

2 What time do you usually get home?

About 7.
差不多 7 點。

Sometimes it's later.
有時候會更晚一點。

Whenever I feel like it.
看心情。（我想回家時就回家）

I'm not good at keeping a set schedule.
我不擅長按照時間表過日子。

3 What time do you usually get up?

Around 6.
大約 6 點。

It's pretty early.
滿早的。

7 or 8 on weekdays.
平日大約是 7 或 8 點。

I sleep as late as possible on weekends.
週末我會睡到自然醒。

4 Tell me about your morning routine.

I get up around 7.
我大約 7 點起床。

Then I have coffee and a big breakfast.
然後喝咖啡並吃一頓豐盛的早餐。

I get my children ready.
我得打理我的小孩。

So my mornings are always busy.
所以我早上總是很忙。

來自教練的建議：「語言計步器」上的數字，增加了好多呢！

本書的會話特訓進行到此已完成約四分之三，你應該已經習慣用 3 階段形式回答了吧？正如我在專欄 1 (P.42) 中提到的，自己想出來、說出口的英文數量，會記錄在你的語言計步器上。而隨本書紮實地練習至此，幾乎相當於在英語會話補習班上課 3 年，很厲害吧？

I love to get massages too.
我也很喜歡去按摩。

How about you?
你呢？

ⓢ I'm a huge fan of ... 是「我是～的超級粉絲」之意。附帶一提，我本人很喜歡法國電影，I'm a huge fan of French films.。

How about you?
你呢？

I like being free to decide.
我喜歡自由決定時間。

ⓢ [not good at + V-ing] 是「不擅長～」的意思。

But I like to take my time getting ready.
但我喜歡慢慢做準備。

My hobby is sleeping.
我的興趣就是睡覺。

ⓢ [take my time + V-ing] 是「慢慢做～」之意。而 Take your time. 就是「你慢慢來」的意思，相當常用。

Then I brush my teeth, get ready and leave around 8.
然後刷牙，準備好，並在 8 點左右出門。

How about you?
你呢？

ⓢ 依時間順序描述進行的動作時，只要像回答例句那樣，以 Then ... 或 And then ... 來連接句子即可。

5 How is your day going so far?

Great.
很好。

I got a lot of things done.
我完成了很多工作。

Same as always.
一如往常。

Maybe I need some excitement.
或許我需要一點刺激。

6 Are you usually late or on time?

On time.
準時到。

If I make people wait, I feel bad.
如果讓別人等,我會覺得過意不去。

A little late.
稍微晚一點。

If I'm on time, I have to wait.
我若準時出現,就得要等。

7 How do you get around usually?

By train and bus.
搭乘電車和巴士。

I used to get around by bike too.
我以前也會騎腳踏車四處去。

By car.
開車。

But the trains are more reliable.
但電車比較準時。

8 Do you have any plans for tonight?

Well ...
這個嘛⋯⋯

I'm busy until 7.
我要忙到 7 點。

Yeah.
有。

I have young children.
我的孩子還小。

9 What do you do on the weekends?

I just relax.
我就放輕鬆而已。

Sometimes I play sports.
有時候我會做運動。

I go fishing a lot.
我經常去釣魚。

Unless the weather's bad.
除非天氣不好。

10 Have you done anything exciting recently?

Yes!
有!

I went to see a live comedy show.
我去看了一場現場的喜劇表演。

Not really.
沒什麼特別有趣的。

I'd like to though.
不過我倒想做點有趣的事。

I'm gonna go home early today.
我今天要早點回家。

How about you?
你呢？

ⓢ「回家」說成 get home 或 go home，但不能說 back home（back 不是動詞），請特別注意。

How about you?
你呢？

Don't you hate waiting?
你不討厭等嗎？

ⓢ I feel bad 是「覺得很對不起」的意思。另外，這裡的 if 並非假設句，而是「如果～的話，就～」的意思而已。

But it was stolen last month.
不過腳踏車上個月被偷了。

How about you?
你呢？

ⓢ reliable 原意是「可信賴」。用 rely on ... 則可表達「仰賴～」的意思。在補充說明時，請避開所搭乘的電車路線名稱等專有名詞。

Would you like to have dinner somewhere? 要不要一起去哪裡吃個飯？

So I have to take care of them every night.
所以我每天晚上都得照顧他們。

ⓢ Would you like to ...? 是用來有禮貌地向對方詢問「你要不要～？」、「（做）～如何呢？」的句子。用 Do you want to ...? 來問有時會顯得很沒禮貌，請特別小心。

Do you play any sports?
你有在做任何運動嗎？

How about you?
你呢？

ⓢ [Unless + S + V.] 是「除非 (S + V) ～」之意。只要能熟悉這種用法，就可大幅拓寬英語的表現力喔！

It was hilarious!
真是超爆笑的！

Do you have any recommendations?
你有任何建議嗎？

ⓢ hilarious 是「令人捧腹大笑」之意，在喜劇電影的影評中，很可能會看到這個字。

Unit 6　家 Where You Live

來自教練的建議：趕快啓動你的專有名詞、紅色警示燈感應器吧！

　　明明是瞭若指掌的家鄉事，卻無法流暢地陳述出來，這種情況竟然還不少。這其實只是因為沒講過而已。越是累積用自己的話來表達出口的經驗，就越能自在地進行會話。以本單元主題來說，要完全不說專有名詞應該有困難，不過一旦碰到要說專有名詞的情況時，請自動偵測並亮起紅色警示燈，時時謹記要補充人人都清楚易懂的說明喔。

Round 1　首先　簡答　　MP3 77　MP3 133　問句＋回答

(1) Do you rent or own your home?

你的房子是租的還是買的？

🧤 **I own it.**
我買的。

🧤 **I rent it.**
我租的。

> 這題的回答，就從回答例句中二選一即可。另外，類似的問句還有 Are you renting?「你租房子住嗎？」或 Are you a home owner?「你自有住宅嗎？」等。

(2) Where do you live now?

你現在住在哪兒？

🧤 **Tamsui.**
淡水。

🧤 **Near Yilan.**
宜蘭附近。

> 對於這種問句，也可以不回答地名，而直接回覆 In northern Taiwan.「在台灣北部」等。

(3) Is that your hometown?

你是當地人嗎？

🧤 **No.**
不是。

🧤 **Yeah.**
是啊。

> 這題請以 [Yes / No 量表] 回答。但搬了多次家的人對答案可能會有所猶豫，這種時候就回答 Well ... I moved so many times. 即可。

(4) What's your hometown famous for?

你的家鄉什麼最有名？

🧤 **Well ...**
這個嘛……

🧤 **A Taiwanese snack called suncake.**
一種叫「太陽餅」的台灣點心。

> 請注意，別把寺廟、食物等專有名詞一口氣都搬出來回答。只要對方沒問確實的名稱，就盡量避開專有名詞。

(5) What's your house or apartment like?
你的房子或公寓是什麼樣子的？

Tiny.
很小。

It's a two-story house in the suburbs.
是一間在郊區的兩層樓透天厝。

> 對於 What's ... like? 這類問題，請用一個形容詞來簡答。tiny 這個字用在房子等方面時，是「狹小」的意思。而 narrow 則是「很窄」的意思，不用在房子或房間方面。

(6) What's your room like?
你的房間是什麼樣子？

Messy now.
現在很亂。

Pretty big.
滿大的。

> messy 是指「雜亂」的狀態，dirty 則是指「骯髒」。

(7) Do you like your place?
你喜歡你住的地方嗎？

Well ...
這個嘛……

Yeah.
喜歡。

> 這裡的 place 就是 home「家」的意思。想回答「也許吧」就說成 I guess.。請速速簡答，好把力氣留到下一回合之後，以英語進行說明。

(8) How do you like your neighborhood?
你喜歡你家附近地區嗎？

I love it.
很喜歡。

It's a typical suburban neighborhood.
那是個典型的郊區。

> 你應該還記得，How do you like ...? 就是用來詢問你的意見、感想的。請先用簡短的句子回應。不一定要說出自己的感覺，也可以客觀陳述事實。

(9) If you could live anywhere in Taiwan, where would you live?
若能搬到台灣任何地方，你會想住在哪裡？

Hengchung.
恆春。

In the Chiang Kai-shek Memorial Hall.
中正紀念堂裡面。

> 若是想住在「台北的大樓頂樓」，就回答 In a penthouse in Taipei.。而第 2 句回答例句當然是在開玩笑。

(10) If you could live anywhere in the world, where would you live?
若能搬到世界上任何地方，你會想住在哪裡？

New York or San Francisco.
紐約或舊金山。

Shanghai.
上海。

> 若是世界知名的大都市，則用專有名詞回答也很 OK。但依然需補充說明理由，才能讓對方 100% 理解。

來自教練的建議：一起來學習說出專有名詞後的補充說明方法吧！

　　對你的會話對手來說，頻頻冒出的專有名詞都不過是個「發音」而已，只會成為溝通過程中的障礙。因此，會話的基本法則之一，就是盡量不倚賴專有名詞。但是，像本單元主題這種一定會用到故鄉名產，或地區名稱等專有名詞的情況下，怎麼辦呢？是的，補充說明即可。請參考第 2、4 題的例句。

1　Do you rent or own your home?

I own it.
我買的。

I bought it three years ago.
我 3 年前買的。

I rent it.
我租的。

I move a lot.
我很常搬家。

2　Where do you live now?

Tamsui.
淡水。

It's just outside Taipei.
就在台北的郊區。

Near Yilan.
宜蘭附近。

It's a residential area in the suburbs.
是在郊區的住宅區。

3　Is that your hometown?

No.
不是。

I was born in southern Taiwan.
我出生在南台灣。

Yeah.
是啊。

I was born and raised there.
我在那裡出生、長大。

4　What's your hometown famous for?

Well...
這個嘛⋯⋯

It has a nice temple, lots of greenery and a traditional festival every year.
我的家鄉有座很不錯的寺廟，充滿許多綠色植物，而且每年都舉辦傳統慶典。

A Taiwanese snack called suncake.
一種叫「太陽餅」的台灣點心。

Suncakes are popular all year round.
太陽餅任何時候都熱賣。

 首先 簡答 接著 詳答 進一步 活絡對話   MP3 79

來自教練的建議：把對方丟過來的問題原原本本地丟回去，也是好招！

　　把對方打來的球直接丟回去，也是重要技巧之一。How about you? 就是活躍於此時的萬用句。而 What do you think? 或 How do you like it? 用在「如何？」這類輕鬆詢問對方印象的時機也很合適。在此回合中，還有一個好用的技巧，就是像第 7 題那樣，將對方的問句原原本本地問回去。而這種方式也是 100% 說得通的喔！

How about you?
你呢？

So it's easier to rent.
所以租房子比較輕鬆。

若是「我預計 3 年後買房子」就說成 I'll buy a home in three years.。「～午後」就是 in ... years，（注意，不用 after，而要用 in。）至於「3 年前」，則是 three years ago。（注意，用 ago，而不可用 before。）

How about you?
你呢？

It has a lot of greenery.
那裡有很多綠色植物。

residential area 是「住宅區」的意思。若是「市中心的大樓」，則說成 It's a condo [apartment] in the city.。另外，greenery 就是「綠蔭、綠地」之意，而以此處的內容來看，不能用 green 這個字。

Most of my relatives live there.
我大部分的親戚都住在那裡。

How about you?
你呢？

I was born and raised in ... 是「我出生、成長都在～」之意。以我本人來說，I was born in Washington, D. C. But I was raised in Florida.。

You should visit sometime.
有機會你應該來看看。

Tell me about your hometown.
談談你的家鄉吧。

should ... 有「做～比較好」的意思。這句經常被錯用為 You had better ...，事實上 You had better ... 的意思是「你必須做～」，屬於強制性高的說法，在會話中並不常用。

5 What's your house or apartment like?

Tiny.
很小。

But I live in a nice area.
但我住的區域很不錯。

It's a two-story house in the suburbs.
是一間在郊區的 2 層樓透天厝。

It's fairly new.
還滿新的。

6 What's your room like?

Messy now.
現在很亂。

But usually it's cleaned up and organized.
不過通常都有打掃又整理的很好。

Pretty big.
滿大的。

It has two windows and plenty of closet space.
有兩個窗戶，還有很多收納空間。

7 Do you like your place?

Well ...
這個嘛……

It's a little old and small.
有點舊又有點小。

Yeah.
喜歡。

It's perfect for me for now.
目前對我來說剛剛好。

8 How do you like your neighborhood?

I love it.
很喜歡。

It has a wonderful park and lots of shops.
有個很棒的公園還有很多商店。

It's a typical suburban neighborhood.
那是個典型的郊區。

It has lots of houses next to each other.
很多房子並排在一起。

9 If you could live anywhere in Taiwan, where would you live?

Hengchun
恆春。

It's near the ocean.
那兒離海很近。

In the Chiang Kai-shek Memorial Hall.
中正紀念堂裡面。

It's in the heart of Taipei.
它就位在台北的正中心。

10 If you could live anywhere in the world, where would you live?

New York or San Francisco.
紐約或舊金山。

But my husband wants to stay in Taiwan.
但我先生想要留在台灣。

Shanghai.
上海。

The climate is quite pleasant.
那裡的氣候相當宜人。

Location is the most important thing.
地點最重要。

Tell me about your home.
談談你家吧。

S. two-story 指「兩層樓的」。而 fairly 是「相當、頗為、很」之意。

I don't like clutter.
我不喜歡房間凌亂不堪。

How about your room?
你房間呢？

S. organize 是「組織、整理」之意。而 clutter 則是指架上的東西散亂，沒有好好整理的狀態。另外，closet space 是「收納空間」，closet 的原意是「衣櫃」。

If you hear of a nice place, let me know.
若你聽說哪裡有好房子，請通知我。

Do you like your place?
你喜歡你住的地方嗎？

S. for now 是「目前」之意。而 Let me know. 則是「告訴我、通知我」的意思。

It's near a major train station too.
離主要車站也很近。

The stores are concentrated around the station. 商店以車站為中心聚集。

S.「有很棒的商店」可用 It has wonderful shops. 這樣的句子來表達。

It has lots of bars and taverns.
有很多酒吧和小酒館。

And it has wonderful greenery and architecture. 而且有很棒的綠色植物和建築。

S. the heart of ... 是「～的正中心」之意。而想說明「那是在某地點」的時候，直接說成 It's in ... 較好，會比 It's located in ... 的說法更自然些。

Do you think I should go alone?
你覺得我該一個人去嗎？

And the cost of living is so cheap.
而且生活費那麼低。

S. go alone 是「一個人去」的意思。以本例的回答例句來說，含有「拋下丈夫 (without him)」的意思，為半開玩笑的說法。另外，cheap 並非「廉價」之意，而是單純指價格或物價「便宜」。

Unit 7　媒體 Media

> 來自教練的建議：對於這種易於找出共通話題的主題，一定要能對答如流才好。

　　報紙、雜誌、電視、廣播、網路等媒體這類話題，可說是全世界共通的。請練習在聊完天氣之後，不論對方是誰，都能自行發展出媒體話題來進行對話。重點有兩個，1. 是不依賴專有名詞，2. 是即使被問到自己沒興趣的內容，也不要只用「我是不上網的」之類的話一句帶過，而要能夠繼續延伸話題。

Round 1　首先　 簡答　 MP3 80　MP3 134　問句＋回答

1 Where do you get the news?

你都從哪裡獲得新聞消息的？

The Internet.
網路。

TV and newspapers.
電視和報紙。

> 這句要問的是你的資訊來源為何。若想回答「四處探聽」就說成 Here and there.。

2 Do you read the newspaper everyday?

你每天都看報紙嗎？

No.
沒有。

Almost everyday.
幾乎是每天。

> 想回答「偶爾」時，就說 Not very often.。而 almost 通常都和 every、all、never 等「表示 100% 意思的字」一起合併運用。

3 Which section do you check first?

你都先看哪一版？

The sports section.
體育版。

The weather section.
天氣預報。

> 「頭版」是 The front page.，而「影劇版」是 The TV section.，「國內新聞」則是 the National section.。

4 Do you listen to the radio often?

你常聽廣播嗎？

Not really.
不常。

Well ...
這個嘛……

> 這句和問 What's Taiwanese radio like?「台灣的廣播是怎樣的？」意思差不多，請先以 [Yes / No 量表] 簡答。

⑤ What kind of magazines do you like?
你喜歡哪種雜誌？

🥊 **News magazines.**
新聞雜誌。

🥊 **Entertainment magazines.**
娛樂雜誌。

> ⓢ entertainment magazines 是 包括八卦雜誌、電影雜誌、音樂雜誌等的總稱。而「財經雜誌」一般說成 business magazines。

⑥ What kind of books do you read?
你都讀哪類書籍？

🥊 **All kinds.**
各種書都讀。

🥊 **Mostly non-fiction.**
多半是非小說類。

> ⓢ 想表達「幾乎都是～」時，就說 Mostly ...。說成 Almost non-fiction. 是錯誤的，請特別注意了。正確的用法是 Almost all non-fiction.。

⑦ Do you watch movies at home or at the theater?
你都在家還是在戲院看電影？

🥊 **At home.**
在家。

🥊 **Well ...**
這個嘛……

> ⓢ 若想回答「在戲院」，就直接說 At the theater.，會比 I watch them at the theater. 這種完整的句子更為自然。

⑧ Do you e-mail more on your computer or on your cell phone?
你比較常用電腦收發電子郵件，還是用手機？

🥊 **It's a toss-up.**
一半一半。

🥊 **My computer.**
用電腦。

> ⓢ 這題是 A or B? 型的問句，所以答案基本上就是二選一。若不確定，就說 Well ...。至於 It's a toss-up.，則是表示「一半一半」之意的固定說法。

⑨ Do you surf the Internet often?
你常逛網站嗎？

🥊 **Well ...**
這個嘛……

🥊 **Not really.**
不太逛。

> ⓢ 這題請用 [Yes / No 量表] 簡答。surf 本來是「衝浪」的意思，在網路上各個網站間漫遊，就像乘風破浪般自由，就是這個用字的來由。

⑩ Have you ever bought anything on the Internet?
你曾在網路上購物嗎？

🥊 **Yes.**
是的。

🥊 **No.**
沒有。

> ⓢ 也可能被問到同義的 Do you use the Internet for shopping? 這句。

 首先 簡答 接著 詳答

> 來自教練的建議：利用「過去習慣做～」I used to ...
> 的句型來展開話題。

　　報紙、廣播、電子郵件、網路、電視等與媒體相關的問題，很可能從各種角度切入。不過別擔心，把內容導向自己方便的方向去說即可。在此類話題中，I used to...「我以前常做～」的句型非常好用，可以藉由「現在雖沒有做，但以前很常做」這類說法，從自身經驗開始拓展話題，相當方便。

(1) Where do you get the news?

The Internet.
網路。

I stopped buying newspapers.
我已沒在買報紙了。

TV and newspapers.
電視和報紙。

I watch the news mornings and evenings.
我會看晨間和晚間新聞。

(2) Do you read the newspaper everyday?

No.
沒有。

But I used to read it everyday.
但我以前每天都看。

Almost everyday.
幾乎是每天。

But I just check the headlines and ads.
不過我只看標題和廣告。

(3) Which section do you check first?

The sports section.
體育版。

Then I check news, weather and TV.
然後看新聞、天氣和影劇版。

The weather section.
天氣預報。

It's usually right.
通常都很準。

(4) Do you listen to the radio often?

Not really.
不常。

I listen in the morning sometimes.
我有時早上會聽。

Well ...
這個嘛……

I used to listen to the news on AM radio.
我以前會聽 AM 的新聞。

來自教練的建議：利用「除非～」這個句型來增加一點條件試試。

　　承接前述的內容，在此回合用「除非～」的說法來附加條件，也是替談話內容增添題材，並有效活絡對話的好方法。例如第 5 題的「我喜歡娛樂雜誌」→「幾乎每個月都在看」→「除非專題內容太無聊」。這裡的「除非～」就用 [Unless + 句子 (S + V)] 來表達。請務必在你的活絡對話回合中試用看看！

How about you?
你呢？

And I read the newspaper on the train to work. 而在上班的電車上我會看報紙。

[stop + V-ing] 就是「不做～了」的意思。而「開始做～」例如 I started going to a gym.「我開始去健身房了」則以 [start + V-ing] 的句型來表達。

I don't have time these days.
這陣子比較沒空看。

How about you?
你呢？

check the headlines 是「快速瀏覽標題」的意思。而一般的「閱讀」則用 read。另外，ads 是指「平面廣告」和「夾報廣告」這兩類廣告品。

I never check the stocks.
我從不看股票。

How about you?
你呢？

It's usually right. 的 right 是「正確的、準確的」之意，也可說成 correct。另外，business section 為「財經版」，editorial section 則為「社論」。

But I prefer to listen to CDs.
不過我比較喜歡聽 CD。

And I studied English on the radio once.
而且我曾聽廣播學過英語。

used to ... 是「以前經常做～」的意思，而 prefer to ... 則是「比較偏好做～」之意。

5 What kind of magazines do you like?

News magazines.
新聞雜誌。

They're related to my job.
這些跟我的工作相關。

Entertainment magazines.
娛樂雜誌。

I buy them almost every month.
我幾乎每個月都買來看。

6 What kind of books do you read?

All kinds.
各種書都讀。

I'm reading a mystery now.
我現在在看一本推理小說。

Mostly non-fiction.
多半是非小說類。

I work in sales.
我是業務員。

7 Do you watch movies at home or at the theater?

At home.
在家。

I can stop and start DVDs anytime.
（因為）DVD 可以隨時暫停或播放。

Well ...
這個嘛⋯⋯

I like to watch at the theater.
我喜歡在戲院看。

8 Do you e-mail more on your computer or on your cell phone?

It's a toss-up.
一半一半。

My computer is easier.
我的電腦比較容易操作。

My computer.
用電腦。

It takes so long to write on my phone.
用手機輸入要花好多時間。

9 Do you surf the Internet often?

Well ...
這個嘛⋯⋯

I only check a few websites.
我只看幾個網站。

Not really.
不太逛。

I used to when I first got Internet service.
剛開始使用網路時我常逛網站。

10 Have you ever bought anything on the Internet?

Yes.
是的。

I buy books, office equipment, food, etc.
我會買書、辦公室用品、食物等東西。

No.
沒有。

Before buying something, I like to hold it in my hand. 在買東西之前，我喜歡實際摸到商品。

How about you?
你呢？

Unless the feature article looks boring.
除非專題內容看起來很無聊。

> be related to ... 是「和～有關、與～相關」之意。而 unless ... 後接著句子，可表示「除非～」的意思。

How about you?
你呢？

So I read books related to sales.
所以我都讀有關行銷方面的書。

> 在詳答回合中，以 [I work in + 部門名稱／職種.] 這種句型來展開話題，是很好的方式。常見的部門或職種包括：accounting「會計（部）」、administration「管理（部）」、manufacturing「製造（業）」、education「教育（業）」等。

Don't you like fast-forwarding the boring parts? 你不會想把無聊的部分快轉過去嗎？

But I only go a few times a year.
不過我一年也只去幾次而已。

> fast-forwarding 就是「快轉」的意思，也可說成 zap。例如，I always zap the commercials.「我總是把廣告快轉過去」。

But I always have my cell phone handy.
不過我總是隨身攜帶手機。

How about you?
你呢？

> handy 是「在手邊」之意，Do you have ... handy? 就是「你手邊有～嗎」。另外，「手機」要說成 cell phone，而不說 handy phone。

But I check them quite often.
但我很常看這些網站。

How about you?
你呢？

> when I first ... 是「我一開始做～的時候」之意，而此句型很適合用來做補充說明。例如 When I first drove a car, I was nervous.「我一開始開車時很緊張」。

It's so convenient, isn't it?
真的很方便，不是嗎？

How about you?
你呢？

> 「……等」就用 etc.。

來自教練的建議：談論有點私人的話題正是發揮實力的時候。

今日，世界各地的人都相當關心健康問題，故此話題在日常生活中出現的頻率也逐漸升高，但有些問題卻很可能侵犯對方隱私。例如，「你有在服用什麼藥物嗎？」Do you take any medicine? 這種問題就問不得。雖然本單元精心挑選的這 10 題並無此顧慮，不過還是希望讀者能留心對話走向。請好好用 3 階段形式暢談健康話題吧！

Round 1 首先　簡答　MP3 83　MP3 135　問句＋回答

1 How's your health?
你的健康狀況如何？

Excellent.
非常好。

Good.
很好。

> 這種問題和 How are you (doing)? 等問候句顯然不同，是真的在問你的健康狀況。問候句的最佳回應為 Good, and you?。

2 Do you take vitamins?
你吃維他命嗎？

No.
不吃。

Well ...
嗯……

> 這裡的 take 代表「吃、服用」藥物之意，而吃藥不使用 drink 或 eat 等動詞來表達。

3 Do you have any exercise equipment at home?
你家有健身器材嗎？

No.
沒有。

Yes!
有！

> exercise equipment 就是指跑步機、健身車、腹肌鍛鍊器等設備。

4 What do you do to relax?
你都做什麼活動來放鬆自己？

I watch movies or TV.
我看電影或電視。

I have a drink.
我喝酒。

> 此問和 What do you do in your free time?「閒暇時你都做些什麼？」類似。而 have a drink 一般是指「喝酒」之意。

(5) Have you ever gone on a diet?

你有減過肥嗎？

👊 **No.**
沒有。

👊 **Yeah.**
有。

> 💬 由於這是 Have you ...? 型的問句，故請先明確地以 [Yes / No 量表] 簡答。最好不要一開始就說「只有三分鐘熱度」之類的話。

(6) Have you been sick recently?

你最近有生病嗎？

👊 **No.**
沒有。

👊 **Well ...**
這個嘛⋯⋯

> 💬 此問句的本意，其實就是想問「你最近好嗎？」How have you been?、「你感冒了嗎？」Have you had a cold? 等。

(7) Do you smoke?

你抽菸嗎？

👊 **I tried it in college.**
我大學時試過。

👊 **No way!**
我才不抽咧！

> 💬 此題也可像第 1 句回答例句那樣，省略 Yes. 或 No.，直接以完整的句子回應。而 try 就是「嘗試、做做看」的意思。

(8) Do you drink often?

你常喝酒嗎？

👊 **Not really.**
不算常喝。

👊 **Yeah.**
是的。

> 💬 Do you drink? 是「你喝酒嗎？」之意。而雖然有 often 這個字出現，並不代表對方是認真地想問出頻率，故請依直覺回答即可。

(9) Have you had a check-up this year?

你今年做過身體檢查了嗎？

👊 **Yeah.**
做過了。

👊 **No.**
沒有。

> 💬 「接受健康檢查」說成 have / get a check-up。而「健檢」也可用 physical exam 這個詞。

(10) What do you recommend to stay healthy?

你建議該怎麼保持健康？

👊 **Eat in moderation and exercise regularly.**
適度飲食並規律運動。

👊 **Be happy and never worry.**
保持愉快，不煩惱。

> 💬 eat in moderation 為「適度的飲食」之意，也就是「不暴飲暴食」。而 eat balanced meals 則是「飲食均衡」的意思。

來自教練的建議：運用 Big → Small 策略，輕鬆聊天。

很難用 Yes. 或 No. 或 Good. 來簡答的問題其實還滿多的，這種時候就運用 Big → Small 策略吧！首先以 Yeah. / No. / Good. 等來「大略 (Big)」回覆，到了詳答回合再用 But... 來「詳細 (Small)」說明。像第 1、5、7 題的回答例句便採取了此策略。這樣就能避免簡答回合因過於慎重而說不出話來，也才能輕鬆地與人對談。

---

(1) How's your health?

Excellent.
非常好。

But sometimes my back hurts.
不過有時候我的背會痛。

Good.
很好。

But I get tired more easily than before.
不過我比以前更容易累了。

---

(2) Do you take vitamins?

No.
不吃。

I get vitamins by eating balanced meals.
我藉由均衡的飲食獲取維生素。

Well ...
嗯……

I take some to improve my memory.
我吃一些來增強記憶力。

---

(3) Do you have any exercise equipment at home?

No.
沒有。

I don't have any space.
我沒地方放。

Yes!
有！

I have an ab wheel and a treadmill.
我有一個健身滾輪和一台跑步機。

---

(4) What do you do to relax?

I watch movies or TV.
我看電影或電視。

I get a massage sometimes.
有時候會去給人按摩。

I have a drink.
我喝酒。

I like a nice scotch with some jazz.
我喜歡來杯威士忌，搭配一點爵士樂。

來自教練的建議：你的英語會話教練也用 3 階段形式回答問題！— 1

首先是第 1 題，你的健康狀況如何？→ Good. I need to lose some weight though. My stomach is huge these days!「很好。不過我稍微需要減重。最近我的肚子有點大。」接著第 3 題，家裡有運動器材嗎？→ Yes! I have all the trendy ones. I got them from TV or recycle shops.「有！最流行的我都有。我在電視購物或中古貨商店買的。」

How about you?
你呢？

I'm getting old.
我年紀越來越大了。

🎤 [My 身體某部分 + hurts.] 可表達「我～痛」之意，絕對不可說成 My back is pain.。而 That hurts! 就是「好痛！」

How about you?
你呢？

But I don't know if they work.
但不知有沒有效。

🎤 I don't know if they work. 的 work 是「有效」的意思。而這個字也可用來表示東西壞掉了，如 It doesn't work.「它壞了」。

And I like to exercise outdoors.
而且我喜歡戶外運動。

But I never use them.
不過我從沒用過。

🎤 第 2 個回答例句 I never use them. 就是「空有寶物卻放著不用」的意思，這句話必須以連續、完整的句子表達出來。要能說出全世界都聽得懂的英語，其關鍵也正是連續的句子。

And I go for long walks.
我還會散步久一點。

How about you?
你呢？

🎤 with some jazz 的 some，屬於限定詞，意思就是「搭配一點爵士樂」。

5 Have you ever gone on a diet?

No.
沒有。

I always watch what I eat.
我很注意我吃的東西。

Yeah.
有。

But it only lasts about three days.
但只持續了大約三天。

6 Have you been sick recently?

No.
沒有。

Everyone around me has a cold though.
不過我周圍的人都感冒了。

Well ...
這個嘛……

I had a cold last month.
我上個月感冒了。

7 Do you smoke?

I tried it in college.
我大學時試過。

But I hate it now.
但現在很討厭抽菸。

No way!
我才不抽咧！

Recent surveys say only 20% of Taiwanese smoke. 最近的調查指出，只有 20% 的台灣人抽菸。

8 Do you drink often?

Not really.
不算常喝。

I drink with meals sometimes.
用餐時我有時候會喝。

Yeah.
是的。

I have a beer after my bath every night.
我每天晚上洗完澡後，都會來一杯啤酒。

9 Have you had a check-up this year?

Yeah.
做過了。

I get a check-up every May.
我每年五月會做健康檢查。

No.
沒有。

I was supposed to.
我是應該要去檢查的。

10 What do you recommend to stay healthy?

Eat in moderation and exercise regularly.
適度飲食並規律運動。

It's obvious, but few do it.
這道理大家都明白，但少有人做到。

Be happy and never worry.
保持愉快，不煩惱。

Lots of health issues are exaggerated by the media. 媒體過分誇大了許多健康議題。

But exercise is more important, isn't it?
不過運動更重要，不是嗎？

How about you?
你呢？

此處的 watch 是指針對體重或飲食等部分「注意」之意。而「三分鐘熱度」可像回答例句這樣，以「只持續了三天」之類的方式，以 [S + V] 的句型來表達。

How about you?
你呢？

But I've been healthy since then.
但之後我就一直很健康了。

由於此問句表達了對你的關心之意，所以回答為 No. 時，就特別需要回問對方以表示禮貌。[I've been ... since + 時間點 .] 就是「從某某時候開始就一直～」之意。

How about you?
你呢？

Less and less people smoke these days.
最近越來越少人抽菸ㄌ。

Less and less people ... 是「做～的人越來越少」之意，要表達相反的意思就說成 More and more people ...。此外，有些老師認為 fewer and fewer people 才正確，但實際上許多優秀的作家都用 less and less people。

But I don't drink very often.
但我並不常喝。

How about you?
你呢？

「我是個很愛喝的人」就說成 I'm a heavy drinker.。而「我不太喝酒」則說成 I don't drink very often.。

How about you?
你呢？

But I've avoided it for a long time.
但我逃避很久了。

I was supposed to. 是「我本來應該做～」。而 avoid 則有「逃避、躲避」之意，請注意此處不用 escape 這個字。

What do you think?
你覺得呢？

So we always buy more and more.
所以我們就越買越多。

It's obvious. 就是「顯而易見」之意。到此為止，這 10 個問題你也用 3 階段形式回答完畢了嗎？Great!

Unit 9
自然與環境
Nature & the Environment

來自教練的建議：即使是環境議題，也不須過度嚴肅，請從生活週遭談起吧。

　　和天氣的話題一樣，環境保護也是全世界都關心的共通議題。在台灣，也有不少人對環境問題相當敏感，不過一旦把話題引導至嚴肅的「地球暖化 (Global Warming)」等方面，對話很容易就會接不下去。而本單元則是從生活化的觀點出發，精選出有關環境、自然的問題，故請妥善整理自己的意見，並練習表達出來吧。

 簡答 首先

MP3 86　MP3 136　問句 + 回答

① Do you recycle?
你做資源回收嗎？

🧤 **Yeah.**
有做。

🧤 **Well ...**
嗯……

ⓢ recycle 指「資源回收」，可廣泛用來指稱垃圾分類、廢棄物再利用等行為。

② Is the air clean where you live now?
你現在住的地方空氣乾淨嗎？

🧤 **Yeah.**
乾淨。

🧤 **Not really.**
不怎麼乾淨。

ⓢ 這句若以負面的角度來說，就是 Is there air pollution in your city?「你住的城市有空氣污染嗎？」

③ Is the water clean where you live now?
你現在住的地方水質乾淨嗎？

🧤 **Yeah.**
乾淨。

🧤 **Well ...**
這個嘛……

ⓢ 即使對環境問題沒興趣，但為了對這種稍具攻擊性的話題能有所回應，請利用練習此題的機會，事先準備好你的說法吧！

④ Is pollution in Taiwan decreasing or increasing?
台灣的汙染問題是逐漸減低還是升高？

🧤 **Maybe it's decreasing.**
也許是逐漸減低吧。

🧤 **People fight pollution.**
大家都努力對抗污染。

ⓢ 這是 A or B? 型的問題，故請從 A 或 B 中二選一來回答。不很確定時，可在句首加上 Maybe 這個字。不過請記得避免連續使用 maybe。

5 Do you do anything special for the environment?

你有為環境保護貢獻什麼心力嗎？

Yeah.
有。

I reuse.
我會回收再利用。

> 這題請用 [Yes / No 量表] 簡答。另外也可像第 2 個回答例句那樣，以 I reuse. 來回應。reuse 是指「將丟棄的物品回收再利用」的意思。

6 Have you ever experienced a strong typhoon?

你有遇過強烈的颱風嗎？

Yeah.
有。

Well ...
這個嘛……

> typhoon、hurricane 和 cyclone 基本上是一樣的東西，只是因為發生地點不同而有不同的名稱而已。另外「龍捲風」則是 tornado。

7 Have you ever experienced a big earthquake?

你有遇過大地震嗎？

Yes.
有。

Not really.
不算有。

> Have you ...? 類的問句請以 [Yes / No 量表] 簡答。若對答案有所猶豫，就用 Well ...。

8 Do you have a lot of trees in your neighborhood?

你家附近有很多樹嗎？

Yes.
是的。

Yeah.
是啊。

> 這題的意思其實是問「你家附近的環境充滿自然嗎？」但「綠地多嗎？」不要說成 Do you have green?。

9 Do you spend much time outdoors?

你花很多時間做戶外活動嗎？

Yeah.
是啊。

Well ...
這個嘛……

> 這是 Do you ...? 類的問句，所以要用 [Yes / No 量表] 簡答。而 spend 有「度過、花費」之意，經常與 time 或 money 等字一起使用。

10 What's your biggest environmental concern?

你最在意哪一種環境問題？

Global warming.
全球暖化問題。

Poverty.
貧窮問題。

> 「空氣汙染」是 air pollution，「水源汙染」是 water pollution。另外，「垃圾場」是 garbage dump。

 首先 簡答 接著 詳答
Round 2 MP3 87

來自教練的建議：用 For example, ... 來舉例說明，
你的意思就會更清楚明白。

在簡答之後，以 For example, ... 的句型來舉例，也是種很好的補充說明方式。例如針對第 5 題的「你有為環境保護貢獻什麼心力嗎？」回應 I reuse.「我會回收再利用」後，再於詳答回合以「例如，我盡可能買中古貨」這樣的句子舉例說明。如此一來，不明白 reuse 之意的人也能馬上了解你的意思。而這也是簡單卻威力強大的補充說明方式之一。

① Do you recycle?

Yeah.
有做。

We have to separate our trash in Taiwan.
在台灣，我們必須做垃圾分類。

Well ...
嗯……

I never waste anything.
我從不浪費東西。

② Is the air clean where you live now?

Yeah.
乾淨。

It's not as clean as in the mountains though.
但沒有山裡那麼乾淨就是了。

Not really.
不怎麼乾淨。

I live near a major road.
我住在大馬路旁。

③ Is the water clean where you live now?

Yeah.
乾淨。

But I drink mineral water instead of tap water.
不過我都喝礦泉水，不喝自來水。

Well ...
這個嘛……

I think it's clean.
我想是乾淨的。

④ Is pollution in Taiwan decreasing or increasing?

Maybe it's decreasing.
也許是逐漸減低吧。

Because Taiwan relocated most factories abroad.
因為台灣把大部分工廠都遷移到國外去了。

People fight pollution.
大家都努力對抗污染。

But it's a drop in the bucket.
不過依舊是杯水車薪。

來自教練的建議：你的英語會話教練也用 3 階段形式回答問題！— 2

　　身為你的教練，我也一起來練習回答問題。⑨ 你花很多時間做戶外運動嗎？→ Yes. I love riding my bike along the riversides in Taipei. Have you ever walked along a riverside in Taipei?「是的！我喜歡沿著台北的河畔騎腳踏車。你曾在台北的河畔散步嗎？」只要用簡單的話來補充說明你的答案，再回問對方即可。

How about you?
你也回收再利用嗎？

But I don't do anything else in particular.
其他就沒做什麼特別的了。

ⓢ We have to ... 中的主詞是指「我們一般人」，比用 You have to ... 的說法更溫和些。而 have to ... 是「必須要做～」之意，但 must 則不能用來表達這個意思。

How about you?
你（住的地方）呢？

So the air and noise pollution is terrible.
所以空氣汙染和噪音都很嚴重。

ⓢ 用專有名詞說出「國道 246 號旁」這麼明確的答案其實沒什麼意義。像此處的回答例句這樣，說成住在 a major road「大馬路」旁，反而比較容易讓人聽懂。

I use tap water for cooking and ice.
自來水我是用在煮飯燒菜和做冰塊。

But I'd like a test and some proof that it's clean. 不過我希望有檢驗和一些證據來確認真的乾淨。

ⓢ tap water 就是指「自來水」，而 tap 便是「水龍頭」。對於自己的話稍微缺乏信心時，可在句首加上 I think，就像 I think it's clean. 這樣。

What do you think?
你覺得呢？

Because the amount of garbage and construction increases every year.
因為垃圾量和營建施工量每年都在增加。

ⓢ「數量增加」除了以 increase 這個字來表達之外，也可用 go up。

(5) Do you do anything special for the environment?

🖐 **Yeah.**
有。

🖐 **I do a lot of things.**
我做很多。

🖐 **I reuse.**
我會回收再利用。

🖐 **For example, I buy used things as often as possible.** 例如我盡可能買中古貨。

(6) Have you ever experienced a strong typhoon?

🖐 **Yeah.**
有。

🖐 **When I was in elementary school.**
在我小學的時候。

🖐 **Well ...**
這個嘛⋯⋯

🖐 **I get nervous about them.**
我很怕颱風。

(7) Have you ever experienced a big earthquake?

🖐 **Yes.**
有。

🖐 **It was the scariest moment of my life.**
那是我這輩子最害怕的時刻。

🖐 **Not really.**
不算有。

🖐 **But I'm nervous about the next big one.**
但我很擔心下一個大地震。

(8) Do you have a lot of trees in your neighborhood?

🖐 **Yes.**
是的。

🖐 **Greenery is the best thing about my neighborhood.** 我家附近最傲人的就是綠色植物了。

🖐 **Yeah.**
是啊。

🖐 **But it's mostly buildings.**
不過大部分都是建築物。

(9) Do you spend much time outdoors?

🖐 **Yeah.**
是啊。

🖐 **I ride my bike as often as possible.**
我都盡可能騎腳踏車。

🖐 **Well ...**
這個嘛⋯⋯

🖐 **I used to go camping.**
我以前常去露營。

(10) What's your biggest environmental concern?

🖐 **Global warming.**
全球暖化問題。

🖐 **Cars and idling are one cause.**
汽車和怠速是原因之一。

🖐 **Poverty.**
貧窮問題。

🖐 **Poor nations often destroy their environment to survive.** 貧窮的國家經常必須破壞環境以求生存。

But I wonder if it makes a difference.
不過我不知道到底有沒有效果。

And I never waste paper.
而且我從不浪費紙張。

⒮ I wonder if ... 表示「我不知道是不是～」的意思，在日常生活中很常有機會這樣表達，故請好好學起來吧。

How about you?
你呢？

But I've never experienced a direct hit.
不過我不曾受到直接的衝擊。

⒮ 接在 Yeah. 之後說「在我～的時候」When I was ... 是種簡單易懂的補充說明方式。而 get nervous about ... 則是「擔心、害怕～」之意，和 worry about ... 相同。

Luckily no one was hurt.
幸好沒人受傷。

Are you nervous about that too?
你也會擔心嗎？

⒮ 在 Luckily ... 之後接著陳述，就表示「幸好～」之意。而 I'm nervous about ... 則有「因憂慮～而難以放心」的意思。

How about your neighborhood?
你家附近呢？

Tell me about your neighborhood.
談談你家附近的環境吧。

⒮ That's the best thing about ... 是「那是～中最棒的部分」之意，而在 about 之後可接 my job、my life、Taiwan、my wife 等等。

How about you?
你呢？

But I haven't gone in a long time.
不過我好久沒去了。

⒮ go camping 就是「去露營」。而 go club-hopping 是「去夜店玩」，go bar-hopping 則是「去酒吧喝酒」的意思。

And in big cities the amount of concrete is unbelievable.
而且大都市裡的水泥數量更是多得不可思議。

We need to fight poverty to save the environment.
要保護環境，就得先對抗貧窮。

⒮ fight ... 是指「與～搏鬥」之意。像本例的回答例句這樣明白地提出意見，也能有效活絡對話。

來自教練的建議：不用專有名詞回答，而要以逐步說明的方式回應。

　　被問到有關台灣的事物時，請盡量避免用專有名詞來說明。若碰到非用專有名詞不可的狀況時，請盡量保持讓一句中只有一個專有名詞，不然對方很可能會一頭霧水。請將專有名詞要表達的意義用文句說明出來。

Round 1 首先 簡答　MP3 89　MP3 137　問句 + 回答

① Are you a fan of Taiwanese opera?
你是歌仔戲迷嗎？

🧤 **Yeah.**
是的。

🧤 **Not really.**
不算是。

> 一般來說，不要直接以 Do you like ...? 的句型來問與文化相關話題比較好。改用本例的句型，或 How do you like ...?「你覺得～如何」這樣的句子比較適當。

② Are you a fan of tai chi?
你是太極拳迷嗎？

🧤 **Well ...**
這個嘛……

🧤 **Not really.**
不算是。

> 🅢「有一點興趣」可用 A little. 來回答。tai chi「太極」這個字幾乎已全世界通用。

③ Do you have Taiwanese sausage often?
你常吃香腸嗎？

🧤 **Sometimes.**
有時候。

🧤 **Yeah.**
是啊。

> 🅢 Do you have ... often? 這樣的問句相當自然且常見。問 Can you have ...? 則會顯得有些不禮貌，請多加注意。

④ How often do you go to night markets?
你多久逛一次夜市？

🧤 **About once a year.**
大約一年一次。

🧤 **Almost never.**
幾乎沒逛過。

> 🅢 若是「大概三年一次」，就說 About once every three years.。「很常」則是 Very often.，「不很常」就是 Not very often.。

⑤ Are Taiwanese people very religious?

台灣人篤信宗教嗎？

Well ...
這個嘛……

It depends what you mean by religious.
這要看你對「宗教」的定義了。

會話是難以預料的。若突然被問了一句不知如何回答的話，又搞不清楚對方目的為何時，可用 Do you mean A or B?「你是說 A 還是 B ？」之類的句子來確認。

⑥ What's your favorite Taiwanese word?

你最喜歡台灣的哪個字詞？

Naruwan.
歡迎。

Tzan!
讚！

此問題其實是表示對方想請你說說台灣的語詞。因此，不論是專有名詞也好，什麼都好，說個你喜歡的試試吧。

⑦ If I only had NT$50, what Taiwanese food would you recommend?

如果我只有 50 元台幣，你推薦我吃什麼台灣料理？

A bowl of beef noodles.
一碗牛肉麵。

An oyster omelet.
蚵仔煎。

在此被問到的是台灣食物，所以請務必接著在後續各回合中補充說明。

⑧ If I only had three days in Taiwan, where would you recommend I visit?

若我在台灣只待 3 天，你會建議我去哪裡？

Tainan.
台南。

The east coast.
東海岸。

在 The east coast. 之前，其實是省略了 You should go to ...「你應該去～」或 I recommend ...「我建議～」。

⑨ How's the Taiwanese economy now?

台灣的經濟現況如何？

People say it's better.
有人說好轉了。

So-so.
不怎麼樣。

針對 How ...? 這種句型的問句，基本上要以單一形容詞來回答。而第一個回答例句中的 People say ...，有「聽說～」的意思。

⑩ What's the big news item in Taiwan now?

現在台灣最大的新聞是什麼？

I'm not sure.
我不清楚。

The president.
關於總統的新聞。

即使不懂新聞用語，應該也能充分回答這個問題才對。

 **首先** 簡答 **接著** 詳答

來自教練的建議：不知該如何回答時的另一種補充說明方法。

　　被人要求解說關於自己國家的事物時，常常反而很難回答。而用來突破這類難關的句型，前面也已介紹過不少，像是 That's a difficult question. 或 It's hard to describe in English. 等。在此我們再學另一種回答方法，那就是 I don't know much about ...「我不清楚～」的句型，請參考第 10 題的回答例句。

---

(1)　Are you a fan of Taiwanese opera?

Yeah.
是的。

I've been several times.
我去看好幾次。

Not really.
不算是。

It's a beautiful tradition.
它是種很美的傳統藝術。

---

(2)　Are you a fan of tai chi?

Well ...
這個嘛……

I don't do it now.
我現在不打太極拳了。

Not really.
不算是。

People do tai chi in the park near my house.
我家附近的公園裡有人在打太極。

---

(3)　Do you have Taiwanese sausage often?

Sometimes
有時候。

It makes a great snack.
香腸是種好零食。

Yeah.
是啊。

I have it for lunch sometimes.
我有時中午會吃。

---

(4)　How often do you go to night markets?

About once a year.
大約一年一次。

I go when my friends visit from out of town.
朋友來訪時我會去。

Almost never.
幾乎沒逛過。

I used to go when I was a student.
以前當學生的時候我會去。

來自教練的建議：你的英語會話教練也用 3 階段形式回答問題！— 3

② 是太極迷嗎？→ Yes! And I think I'd be good at tai chi. I am graceful and I have good balance. 「是的！而且我覺得我可以將太極打的很好。我的動作優美而且平衡感很好」。③ 常吃香腸嗎？→ Yes! I am a Taiwanese sausage addict. I HAVE TO have Taiwanese sausage at least once a week. 「常吃，而且成癮了，我每週至少要吃一次才行。」

Why don't we go sometime?
我們何不哪天一起去看呢？

I used to watch it at the temple near my house. 我以前會在我家附近的寺廟看。

> 若是「只去看過一次」，就說 I've been only once. 。

I used to do tai chi every morning.
以前我每天早上都打太極拳。

Maybe I'll try it sometime.
也許我將來會試看看。

> I used to ... 表示「以前習慣～」。Maybe I'll ... sometime. 是個相當好用的說法。

It's cheap and delicious.
它既便宜又可口。

How about you?
你呢？

> 若是「只在特殊節慶時才會吃」，就說 I only have it on special occasions. 。

Would you like to see a picture?
你要看一下照片嗎？

Now I only go to buy socks and underwear.
我現在只會去夜市買襪子和內衣。

> I used to ..., now I ... 是將以前和現在的情形做比較。

⑤ Are Taiwanese people very religious?

🤜 **Well ...**
這個嘛……

🤚 **They respect various religions.**
他們尊重各種宗教信仰。

🤚 **It depends what you mean by religious.**
這要看你對「宗教」的定義了。

🤚 **Some Taiwanese are very superstitious.**
有些台灣人相當重視精神層面。

⑥ What's your favorite Taiwanese word?

🤜 **Naruwan.**
歡迎。

🤚 **It means "welcome" in Amis.**
在阿美族語的意思是「歡迎」。

🤜 **Tzan!**
讚！

🤚 **It means "great".**
它的意思是「非常好」。

⑦ If I only had NT$50, what Taiwanese food would you recommend?

🤜 **A bowl of beef noodles.**
一碗牛肉麵。

🤚 **You can get it almost everywhere in Taiwan.**
你在台灣幾乎到處都吃得到。

🤜 **An oyster omelet.**
蚵仔煎。

🤚 **It's one of the most popular foods at the night market.** 它是夜市中最受歡迎的食物之一。

⑧ If I only had three days in Taiwan, where would you recommend I visit?

🤜 **Tainan.**
台南。

🤚 **It is about 3 hours from Taipei.**
從台北過去大約要花 3 小時。

🤜 **The east coast.**
東海岸。

🤚 **The scenery is breathtaking.**
那邊的風景另人驚嘆。

⑨ How's the Taiwanese economy now?

🤜 **People say it's better.**
有人說好轉了。

🤚 **But I don't feel any difference in my life.**
不過我並不覺得我的生活有什麼變化。

🤜 **So-so.**
不怎麼樣。

🤚 **It used to be terrible though.**
不過之前很糟糕。

⑩ What's the big news item in Taiwan now?

🤜 **I'm not sure.**
我不清楚。

🤚 **I don't know much about politics.**
我不太了解政治。

🤜 **The president.**
關於總統的新聞。

🤚 **There were a few controversies.**
有一些爭議。

But many Taiwanese are not very religious.
但很多台灣人並不篤信宗教。

Others are very devout.
有些則非常虔誠。

respect 是「尊重」的意思，在此就是「尊重對方所信仰的宗教」之意，而非「尊敬、崇拜」的意思。表示「崇拜」要用 admire。而形容「虔誠」則用 devout 。

Everyone in Taiwan knows what it means.
在台灣的人都知道它的意思。

Give the thumbs-up sign when you say it.
一邊說可以同時比出大拇指。

進行補充說明時，利用 It means ... 的句型來解釋該句的意義與背景，對方會比較容易聽懂。

I also recommend cold noodles, called liang mian. 我也推薦一種叫做「涼麵」的冷麵條。

Make sure the oysters are fresh.
要確認蚵仔是新鮮的。

cold noodles called liang mian 就是「... called～」的句型，亦即「名為～的……」之意。

But it's worth it.
但很值得。

You can find really great seafood there, too. 你也可以在那邊嚐到一些很好的海鮮。

若想配合對方興趣來推薦合適的地點，則可先反問 What are you interested in?。另外，worth ... 是「值得～」的意思。

I hope it gets better.
我希望景氣能好轉。

What do you think?
你覺得呢？

terrible 是「很糟糕」之意，比起 bad，terrible 的嚴重度更高。而 get better 是「好轉」的意思。去探望病人或傷者時所說的「請保重」，用英語說就是 I hope you get better.。

Did you hear about the horrible crimes recently? 你有聽說最近發生的可怕犯罪事件嗎？

They are mostly just scandals and gossip though. 但多半都只是醜聞和八卦而已。

Did you hear about the ...? 這種反問句能充分活絡會話，相當好用。而 scandal 是指「醜聞」，controversy 則是「引起爭議的事」。

來自教練的建議：注意話題動向，炒熱會話氣氛！

戀愛、金錢相關的話題舉世共通，無論男女老幼，都會熱烈討論。不過，必須是會話過程中自然形成的話題才行。若是由你自己開口發問的話，請特別注意 TPO（時間 Time、地點 Place、場合 Occasion）。而以下的 10 個問題都是日常生活中常見的問題，也許一開始可能講得不順，但希望各位能反覆回答自己的答案，直到習慣為止。

Round 1 首先 簡答  MP3 92 MP3 138 問句 + 回答

(1) Are most of your friends men or women?
你的朋友大部分是男生還是女生？

像本例「A 和 B 哪邊比較多？」這類問題，答案就是 A 或 B 二選一，而若有所猶豫，則回答 Well ...。

Women.
女生。

Well ...
這個嘛……

(2) Who is your best friend?
你最好的朋友是誰？

針對 Who ...? 這類問句，就直接回答名字，或 My dog.、My dad. 之類，以關係來指稱。

Ray.
雷。

My wife is my best friend.
我太太就是我最好的朋友。

(3) Do you think a man and a woman can be friends?
你認為男人和女人之間有友情嗎？

若想用「當然」、「絕對」等詞來回答，就說 Absolutely.；若想說「怎麼可能」、「不可能的」，則是 Absolutely not.。

Well ...
這個嘛……

Yeah.
有。

(4) Are you married or dating someone now?
你目前已婚，或是有在和某人交往嗎？

要問人是否已婚時，與其直接問「你結婚了嗎？」不如像此例這樣，以 A or B? 的形式來問，會比較委婉。請注意話題動向喔。

Well ...
嗯……

No.
都沒有。

(5) How would you describe your ideal partner?

你認為的理想伴侶是怎樣的人？

That's easy.
很簡單。

Someone who listens and understands me.
會傾聽且了解我的人。

對於這類問題，只要用 [Someone who + V.] 的句型來回答即可。若是「有錢、溫柔、又高大的人」，就說成 Someone who's rich, nice and tall.。

(6) Where did you meet your current or former partner?

你怎麼遇見你現任或前任伴侶的？

I met my old boyfriend at university.
我在大學時認識我的前男友。

A friend introduced us.
一個朋友介紹的。

若是「工作上」認識的，就回答 At work.；若是「網路上」認識的，則說成 Through an internet site.。

(7) Did anything romantic happen to you recently?

你最近有沒有豔遇（浪漫的事）？

Not really.
不算有。

Yes.
有。

若你覺得「豔遇（浪漫的事），分很多種，要看怎麼定義」就回答 It depends on what you mean by romantic.。

(8) Have you ever gotten a love letter?

你有收過情書嗎？

I don't remember.
我不記得了。

Yeah.
有。

若被這樣問到，但不想回答的話，也可以反問 Why do you ask?「你為何想問這個問題呢？」

(9) Have you ever had a broken heart?

你曾失戀過嗎？

Who hasn't?
誰沒失戀過呢？

Yeah.
有。

這個問題和 How did your relationships end?「你的戀情是怎樣結束的？」意思差不多。而若想回答「我想有吧」就說 I guess.。

(10) Should people live together before they get married?

你認為婚前同居適當嗎？

Yes!
是的！

No.
不。

這句屬於「你覺得某某人這樣做比較好嗎？」這類典型的徵詢意見問句。若要回答「對我來說都無所謂」就說 It doesn't matter to me.。

來自教練的建議：請透過本書學習統整出自己的意見吧！

　　像第 3 題「男女之間有友情嗎？」之類的問題，若是沒有認真想過，無法立即回答也是理所當然。即使是我本人，也曾碰到不少讓我難以回答因而陷入思考的問題。所以，將本書徹底練習一遍，也正是針對各種問題一一整理自己想法的好機會。而這也同時是強化會話力的根本要素喔！

(1) Are most of your friends men or women?

Women.
女生。

I have some male friends though.
不過我也有一些男性朋友。

Well ...
這個嘛……

It's a toss-up.
一半一半。

(2) Who is your best friend?

Ray.
雷。

We went to school together.
我們以前一起上學。

My wife is my best friend.
我太太就是我最好的朋友。

When she's not angry at me.
當她沒生我氣的時候。

(3) Do you think a man and a woman can be friends?

Well ...
這個嘛……

It depends on the person.
要看人。

Yeah.
有。

I have a lot of (fe)male friends.
我有很多異性朋友。

(4) Are you married or dating someone now?

Well ...
嗯……

I've just started dating someone from work.
我剛開始跟公司的一個人交往。

No.
都沒有。

I'm available.
我目前單身。

來自教練的建議：你的英語會話教練也用 3 階段形式回答問題！—4

③ 男女之間有友情嗎？→ Of course. I think they can be platonic business partners too. In this diverse world, men and women have to be able to maintain lots of platonic relationships. 「當然有。我認為男女之間也可以有柏拉圖式的工作夥伴關係。在這個複雜多變的世界裡，男人和女人都要能維持各種柏拉圖式的關係才行。」

How about you?
你呢？

Do you think men and women can be friends? 你覺得男人和女人可能成為朋友嗎？

He moved far away recently though.
不過他最近搬到很遠的地方去了。

How about you?
你呢？

What do you think?
你覺得呢？

Our relationship is 100% platonic.
我們的關係是 100% 柏拉圖式。

What do you think of company romances?
你覺得辦公室戀情如何？

Introduce me to someone if you have a chance. 有機會的話幫我介紹一下吧。

ⓢ male friends 是「男性朋友」，「女性朋友」則為 female friends。而 boyfriend / girlfriend 為交往中的「男/女朋友」之意。另外，It's a toss-up. 就是「一半一半」的意思。

ⓢ 若要回答「我們是同學」，可說成 We went to school together.。請不要試圖將「同學」這個詞直譯為英語，要養成用句子說明的習慣。

ⓢ platonic 在字典中翻譯成「柏拉圖式的、純精神友誼的」，簡單來說，其實就是沒有肉體關係的意思。而利用 100% 或 50% 的方式，還能簡單地表現各種意義。

ⓢ available 的原意是「有空的」，在此指「單身、沒有對象的」。if you have a chance 是「如果有機會的話」。

(5)　How would you describe your ideal partner?

That's easy.
很簡單。

Someone who's honest, rich and generous.
誠實、有錢又慷慨的人。

Someone who listens and understands me.
會傾聽且了解我的人。

Of course, looks are important too.
當然，長相也很重要。

(6)　Where did you meet your current or former partner?

I met my old boyfriend at university.
我在大學時認識我的前男友。

We broke up two years after graduating.
我們畢業兩年之後分手。

A friend introduced us.
一個朋友介紹的。

We had a few dates.
我們約過幾次會。

(7)　Did anything romantic happen to you recently?

Not really.
不算有。

Someone smiled at me on the train this week.
這個禮拜有人在火車上對我微笑。

Yes.
有。

I celebrated my wedding anniversary in Hokkaido.
我在北海道慶祝了我的結婚紀念日。

(8)　Have you ever gotten a love letter?

I don't remember.
我不記得了。

Maybe I got one a long time ago.
可能很久以前收過一封吧。

Yeah.
有。

My husband wrote a beautiful one once.
我先生曾寫過一封很浪漫的情書給我。

(9)　Have you ever had a broken heart?

Who hasn't?
誰沒失戀過呢？

If love starts, love always ends.
愛情有開始就有結束。

Yeah.
有。

But I dump them before they dump me.
但我都在別人甩掉我之前先甩掉他們。

(10)　Should people live together before they get married?

Yes!
是！

People can't know each other well if they don't.
不一起住怎麼能真正認識彼此。

No.
不。

Living together and marriage are so different.
一起住和結婚根本是兩碼子事。

How about you?
那你呢？

I wonder if I'll find Mr.(Mrs.) Right.
真不知道我是不是能找到對的人？

> looks 就是「外表、長相」的意思。而「英俊 / 外表好看」就說成 good-looking。另外，nice guy 是指「和善的人」，nice 是用來形容個性，而非外表。至於 I wonder if ... 則表示「我不知是不是～」的語氣。

How about you?
那你呢？

And we knew we were perfect for each other. 而我們知道我們是天生一對。

> break up (with ...) 是「(和～) 分手」之意。另外，不論已婚或未婚的對象都常用 partner 來指稱。

Should I have started a conversation?
我是不是該過去搭訕？

It was gorgeous!
超豪華的！

> gorgeous 有「豪華」之意，而 It was gorgeous. 這句雖然簡單，但利用此句來陳述感想時，往往能有效展開會話，是很不錯的「活絡對話」方法。

How about you?
那你呢？

But we don't communicate like we used to.
但我們不像以前那樣相互溝通了。

> like we used to ... 就是「像以前那樣」之意。以此例來說，to 的後面其實省略了 communicate。而 communicate 可用來表達「相互溝通、相互傳達意思」等意義。

That's life.
這就是人生。

How about you?
那你呢？

> That's life. 是固定用法，有西班牙文 Qué será será「順其自然」的含意在內。回答 Oh well. 的話意思也相同。

What do you think?
你覺得呢？

Living together usually spoils the relationship. 同居通常會破壞彼此的關係。

> spoil 有「弄壞」的意思。若能將自己的答案用 3 階段形式說出，就很厲害囉！請繼續加油！

Unit 12　金錢 Money

來自教練的建議：建立自己的專用答案，也是會話訓練的目的之一。

　　雖然「金錢」也是廣受大家關切的話題之一，但請特別注意，盡量不要涉及隱私問題。「你的薪水多少？」或「這個是花多少錢買的？」等問題，在大部分情況下都屬於禁忌。而本單元所精選的，都是極可能被問到的問題，請先考慮一下自己會如何回答，然後再練習用英語回答出來！

 首先 簡答
MP3 95　MP3 139　問句 + 回答

(1) Are you cheap or generous?
你小氣還是大方？

> generous 是「心胸寬大、大方的」之意，也就是不斤斤計較的意思。請不要與表示「和善」的 kind 和 nice 混在一起了。

Generous.
大方。

Cheap with most items.
在大部分方面是小氣的。

(2) Do you usually use cash or credit cards?
你通常用現金還是信用卡付款？

> 在旅遊時，要向店家詢問能否用信用卡的話，請說 Do you take credit cards?

Cash.
現金。

Credit cards.
信用卡。

(3) Are you saving money to buy something special?
你是不是為了買什麼特別的東西在存錢？

> 請先用 [Yes / No 量表] 來簡答。若有猶豫，就用 Well ...。而這裡的 something 也可用 anything 代替，

Yes.
是。

Not really.
不算是。

(4) Do you ever play pachinko or gamble?
你玩柏青哥或賭博嗎？

> 此問基本上就用 [Yes / No 量表] 來回應，不過也可以直接回答「我最討厭賭博了」I hate gambling. 之類的句子。

No.
沒有。

Not really.
不太玩。

5. What's the most expensive thing you've ever bought?
你買過最貴的東西是什麼？

- **My TV.**
  我的電視機。
- **A college education.**
  大學學費。

此問題請用 [A / My + 東西名稱.] 的句型來回答。而 ever 雖然有「到目前為止」之意，但只能用在疑問句中。另外，在美國 college 和 university 基本上是一樣的。

6. What do you spend most of your money on?
你的錢大多花在什麼東西上？

- **Rent and food.**
  房租和食物。
- **What money?**
  什麼錢？（我沒錢。）

若想回答「我自己」的話，就說 Myself.。若是花在「車子」上，則說 My car. 即可。而 What money? 這個答案是在開玩笑，類似「我哪裡有錢？」之意。

7. Are you worried about saving money for retirement?
你會擔心要存錢養老嗎？

- **Yeah.**
  會。
- **No.**
  不會。

這個問題想問的其實是「你有退休計畫嗎？」。be worried about ... 是「擔心、在意～」的意思。

8. Do you think Taiwan's taxes are too high?
你會不會覺得台灣的稅太高？

- **Yeah.**
  會。
- **They're not as high as other countries.**
  沒有別的國家高。

對於 Do you think ...?「你覺得～嗎？」這類問題，請先用 [Yes / No 量表] 來簡答。

9. If you won the lottery, what would you do?
若你中了樂透，會想做什麼？

- **I'd travel around the world.**
  我會環遊世界。
- **It depends how much I won.**
  要看中了多少。

這題的回答方式為 [I'd + 動詞]，當然 I'd 就是 I would 的縮寫，意思是「我應該會～」。

10. What's something that you really treasure?
你最珍惜的是什麼？

- **My family.**
  我的家人。
- **Not any material possessions.**
  不是擁有物質上的東西。

若想回答「和王建民一起拍的簽名照」，就說成 I have a signed picture with Chien-Ming Wang。

來自教練的建議：用自己想出的英語來回答才有意義。

要提升會話能力，就要創造自己的英文句子。若是別人組織出來的英文文句，則不論反覆念幾遍還是跟讀出來，都無法轉換成自己的功力。而讓你說出自己的英文，正是身為教練的我的工作。也正因如此，我才開發了 3 階段形式的訓練方法，並撰寫此書。雖然書中也列出不少回答例句，但這些只能當成你以英語表達自我想法的參考而已。

---

① Are you cheap or generous?

Generous.
大方。

But I can't be so generous recently.
但我最近不能再這麼大方了。

Cheap with most items.
在大部分方面是小氣的。

But I'm generous at restaurants and bars.
但我在餐廳和酒吧裡很大方。

---

② Do you usually use cash or credit cards?

Cash.
現金。

I can control my spending with cash.
用現金我才能控制支出。

Credit cards.
信用卡。

I hate carrying cash.
我討厭帶現金。

---

③ Are you saving money to buy something special?

Yes.
是。

I'm renting my place now.
我現在住的地方是租來的。

Not really.
不算是。

I'd like to travel somewhere this year though.
不過我今年打算去旅行。

---

④ Do you ever play pachinko or gamble?

No.
沒有。

I never gamble.
我從來不賭博的。

Not really.
不太玩。

I buy lottery tickets sometimes.
我有時會買樂透彩券。

來自教練的建議：會話能力就是你的「創造力」。

　　艱苦的「3 階段會話訓練」進行至此，在練習說出自己的英語的過程中，你的「語言計步器」上的數字也躍昇了不少。會話的骨架結構為「3 階段」，但添附在這結構上的肌肉，則是你的創造力。不論是製造活絡對話的好話題，還是在對方聽不懂時想辦法換句話說，都是發揮你創造力的好機會！

Because money's tight these days.
因為這陣子手頭很緊。

How about you?
你呢？

⑤ money's tight 是「財務吃緊」的意思。I'm generous with (my friends / family). 就是「我對（朋友 / 家人）很大方」。

Don't you think credit cards are dangerous?
你不覺得用信用卡很危險嗎？

I use my cell phone to buy things too.
我也用手機購物。

⑤ 這裡的 dangerous 是指因「不小心就會花很多」、「利息高得誇張」、「被偷的話怎麼辦」等各種理由的危險。另外，[hate + V-ing] 是「很討厭做～」的意思。

But I really want to buy my own place.
但我真的很想買自己的房子。

How about you?
你呢？

⑤ 若要回答「能付完每個月的帳單就很不錯了」，可用 I'm just trying to pay my bills.。而「生活勉強過得去」則可用固定說法 I'm keeping my head above water. 來表達。

Don't you think it's a waste of time?
你不覺得那是浪費時間嗎？

I've never won though.
不過從來沒中過就是了。

⑤ waste of time / money 指 [時間 / 金錢的浪費]。而「我從不 / 絕不～」應說成 I never ...。另外，若要表達「從沒做過～」的話，可用 I've never ... 的句型。

5 What's the most expensive thing you've ever bought?

My TV.
我的電視機。

It was so expensive.
真是有夠貴的。

A college education.
大學學費。

It was ridiculous.
貴得離譜。

6 What do you spend most of your money on?

Rent and food.
房租和食物。

I spend the rest pampering myself.
剩下的就用來犒賞我自己。

What money?
什麼錢？（我沒錢。）

I'm paying off a few loans.
我在付一些貸款。

7 Are you worried about saving money for retirement?

Yeah.
會。

I'm saving some money now.
我現在有在存一些錢。

No.
不會。

I don't think about it much.
我不太煩惱這些。

8 Do you think Taiwan's taxes are too high?

Yeah.
會。

Politicians waste too much money.
政客們浪費了太多錢。

They're not as high as other countries.
沒有別的國家高。

But the number of elderly Taiwanese is increasing.
但台灣的老年人口不斷在增加。

9 If you won the lottery, what would you do?

I'd travel around the world. 我會環遊世界。

I'd especially like to see Egypt.
我尤其想去埃及。

It depends how much I won. 要看中了多少。

People rarely win a ridiculous amount.
很少人會中高到不行的獎金。

10 What's something that you really treasure?

My family.
我的家人。

They always stand by me.
他們總是很支持我。

Not any material possessions.
不是擁有物質上的東西。

But I do treasure my designer's brand handbag.
但我的確很珍惜我的設計師品牌提包。

But the picture is fantastic!
但畫質真是好！

Aren't education costs out of hand?
受教育不是得花大錢嗎？

若行有餘力，可像第 2 個回答例句那樣，以 Aren't ...? 的否定疑問句來反問對方。另外，out of hand 是「難以應付」，在這裡就是「很貴」的意思。

I should save some though, right?
不過我真的應該存一點，對吧？

So I'm pretty poor right now.
所以我現在蠻窮的。

pamper ... 是指「縱容～」的意思，而 Pamper yourself. 就是「對自己好一點」的意思。

I hope it will be enough.
我希望這樣會足夠。

Maybe my parents will leave me money.
也許我父母會留點錢給我。

I hope it will be ... 有「我希望～會～」之意。注意，此處不能用 wish，因為 wish 是用來表達不能實現的事。

They should cut spending and taxes.
他們應該要降低支出和稅賦。

So taxes may increase in the future though. 所以以後可能會增稅。

waste 是「浪費」之意。而 elderly 則指「高齡的」。另外，「老年人」別說成 old people，最好說成 elderly。

Have you ever been to Egypt?
你去過埃及嗎？

So I'd put my lottery money in the bank.
所以我應該會把中樂透的錢存到銀行去。

ridiculous 是「荒謬的、可笑的」。常以 It's ridiculous.「這真是太荒謬了」這種句子來應用。而「把錢存到銀行」，就說成 put money in the bank。

They support me in tough times.
在困難的時候他們都會幫我。

Do you think I contradict myself?
你覺不覺得我自相矛盾？

stand by ... 是「支持～」之意。treasure 是「珍惜、重視」之意，而 I do treasure ... 的 do 則用來強調接在後面的動詞 treasure。

Chapter

5

情境特訓

終於要挑戰最後的 **30** 題了！你現在即將面臨以下的
三種狀況：「在飛機機艙中與鄰座的人對話」、「在巴黎旅
遊時，在街角和剛認識的人對話」、「接受英語面試」。請
充分發揮目前為止所學的技巧，好好回答各個問題吧！

MP3
98

MP3
140
問句 + 回答

來自教練的建議：保持適當距離，就能與初次見面的人相談甚歡。

請全面啓動你的會話能力，好好接受挑戰。首先要挑戰的就是，在飛機機艙內或機場中，甚至是在旅行目的地，與鄰座的人輕鬆交談的情境。Here we go!

(1) Hi. How're you doing?
嗨,你好嗎?
Good, thank you. And you?
很好,謝謝。你呢?

> 翻譯出來或許會覺得有點怪,但初次見面的人確實是這樣交談的。

(2) Where are you from?
你是從哪裡來的呢?
Japan. How about you?
日本。你呢?

> 被這樣問到的話,首先回答國名,接著反問對方。不須說出縣市名稱。此外,由於到目前為止都還屬於寒暄階段,所以還不須用 3 階段形式回答。

(3) Where exactly do you live?
你住在日本的哪裡?
The northern part. It's about three hours from Tokyo.
Have you ever been to Japan?
北部。離東京大約三小時。你去過日本嗎?

> 基本上要避開縣市名稱等專有名詞,只要指出在東西南北等大略方位即可。從這邊開始就是一般的對話,請用 3 階段形式回答。

(4) Is this your first trip abroad?
這是你第一次出國嗎?
No. It's my third trip abroad, but this is my first trip to Europe.
I'm so excited. Do you travel to Europe often?
不是。這是我第三次出國,但到歐洲倒是第一次。我好期待喔。你常到歐洲嗎?

> 若答案是肯定的,可用基本的 Yeah. + 補充說明(表示「萬分期待」等) + 回問對方的 3 階段形式。當然,回答四句,甚至五句也 OK。

(5) Did you bring a lot of luggage? 你帶了很多行李嗎?
Not really. I left space for souvenirs. And I'll probably buy some things for myself. Do you know any good places for shopping?
不算多。我留了空間來放紀念品,而且我應該會買些自己要的東西。你知道哪裡是血拼的好地方嗎?

> 「行李」可用 luggage 或 suitcases、bags。而「打包行李」則是 pack my luggage/suitcases/bags。

6 **By the way, I'm Steve.**
對了，我叫史提夫。

Hi, I'm Jenny. (handshake) Nice to meet you.
嗨，我叫珍妮。（握手）很高興認識你。

> 🔵 像這樣，等會話進行到某個程度才報上名字時，就用 By the way, I'm ... 的句型。

---

7 **Do you travel often?**
你經常旅行嗎？

Well ... I travel as often as possible. I just need enough time and money. How about you?
這個嘛……我盡可能多旅行。我只需有足夠的時間和金錢。你呢？

> 🔵 請於最後補上一句反問對方。而 as often as possible 則是「盡可能地頻繁」之意。

---

8 **Do you like to fly?**
你喜歡坐飛機嗎？

Well ... It's OK. I don't like long flights. But it's the only way to travel abroad. So there's nothing we can do about it.
嗯……還好。我不喜歡長程飛行。但這是出國旅遊的唯一方式。所以實在沒辦法。

> 🔵 It's OK. 是「普通」之意，而非「很好」等肯定的意思。

---

9 **What do you do?** 你做什麼工作呢？
I work for a Japanese company. I do mostly administrative work. I used to be a stay-home-mother. But my children are grown up. So I started working again. How about you?
我在一家日本公司工作。主要做管理部門的工作。我以前是家庭主婦，但我的小孩都大了，所以我決定再出來工作。你呢？

> 🔵 這個問題常出現，故請先準備好自己的常用答案。記得要避開專有名詞，以句子來說明。

---

10 **Why don't we have a drink after we arrive?**
到達之後我們何不一起喝一杯？

That sounds nice. I can send you an e-mail. Or I can give you a call. What do you think?
聽起來不錯。我可以寄電子郵件給你，或是打電話給你。你覺得如何？

> 🔵 Why don't we ...? 是提出邀請的句型。比 Let's ... 更委婉有禮，又比 Shall we ...? 更親切自然。

來自教練的建議：不論擔任傾聽者還是發言者的角色，都要稱職才是。

在本單元中，你到了巴黎旅遊，並與當地人開始交談。故緊接著就要接受眾多問題的洗禮，請用 3 階段形式一一回答。切記，會話是沒有正確答案的，也許更應該說，會話的正確答案，是由你自己創造出來的。另外也別忘了以簡單、連續的句子回應。Let's go!

1 It's a wonderful day, isn't it?
今天天氣真好，不是嗎？

Yeah. It's quite warm now. I thought it would be colder.
是啊。滿暖的。我還以為會更冷一些。

即使是很容易接不下去的天氣類話題，也可用「比想像中冷／熱」等句子來活絡對話。

2 Are you visiting Paris, or do you live here?
你是來巴黎旅行，或是你住在這兒？

Visiting. I live in Japan. How about you?
我來旅遊。我住在日本。你呢？

記得若被問到 A or B?，就直接二選一來回答。同時別忘了補充說明。

3 Is this your first time here?
你第一次來巴黎嗎？

Yeah. I've been to other countries in Asia, but this is my first trip to Europe. Have you been to other countries in Europe?
是啊。我去過其他亞洲國家，但歐洲是第一次來。你有去過其他歐洲國家嗎？

不能只回應 Yes. First time. 或 No. 就結束。至少要在回答完後反問對方 How about you? 才行。

4 How was your flight? 飛機坐得還順利嗎？
Long. And I couldn't fall asleep. But the food was good. And I saw a nice movie too. Can you sleep on planes?
坐了好久。而且我根本睡不著。但飛機餐很不錯。而且我還看了部很不錯的電影。你能在飛機上入睡嗎？

針對 How ...? 這類問句，要用形容詞來簡答。不過回答「沒什麼問題」、「滿舒適的」也很好。

5 How long will you be in Paris?
你在巴黎會待多久？

About one week. I wish it were longer. But I have to get back to my job. Is anything special happening this week in Paris?
大約一週。我真希望可以待更久。但我得回去工作。巴黎這星期有什麼特別的活動嗎？

I wish ... 是針對與現實狀況不同的事物，表達「要是～就好了」的語氣。

6 **How do you like Paris?**
你覺得巴黎如何？

It's more beautiful than I imagined. I feel like I'm in a movie. How do you like Paris?
比我想像的還美。我覺得我彷彿置身電影中。你覺得巴黎如何呢？

> How do you like ...? 是用來順口問問你的感覺的問句。簡答就要以完整的句子回應，並請試著以連續的句子回答。

7 **How do you like your hotel?**
你住的飯店如何？

It's nice. There were a lot of Japanese there, so I was surprised. Also, the hotel staff speak Japanese. Do you speak any Japanese?
很不錯。我很驚訝那裏住了很多日本人。還有，飯店的工作人員也會講日文。你會講任何日文嗎？

> 針對此問題，請以 [It's + 形容詞] 的句型來傳達自己的印象。第一句要答得簡單快速，接著再詳細說明。

8 **Do you speak any French?** 你會講任何法文嗎？

Not really. I wish I could. I can say about three words; Bonjour, Merci and Au revoir. What do you think are some other important words?
不算會。我真希望我會講。我大概只知道 3 個字，Bonjour（早安、你好）、Merci（謝謝）和 Au revoir（再見）。你覺得還有哪些是重要的字？

> 碰到這個問題時，千萬別回 No. 或 Oh, no. 就結束對話，請像此例這樣拓展話題。

9 **What do you want to do in Paris?**
你在巴黎想做些什麼？

I hope I can see the Eiffel Tower and visit some galleries. And I hope I can eat a lot of wonderful French food too. What do you recommend?
我想去看艾菲爾鐵塔，並參觀一些藝廊。我也希望能吃很多法國美食。你有什麼建議嗎？

> I hope I can ... 是表達希望的陳述方式，此時不可用 wish 來表達。

10 **Would you like to go to a museum now?** 你現在想去美術館參觀嗎？

I'm sorry but I can't right now. I'm busy for the next few hours. And I'm not sure of my schedule today. Thank you for asking though.
很抱歉，我現在沒辦法去。我接下來的幾個小時都很忙。而且我還不確定今天的行程如何。不過還是謝謝你的邀請。

> 別只回答 Oh, no. 或 I can't.。像這樣多講幾句話來婉拒，就會顯得比較有禮貌。

Unit 3 **Final Interview 英語面試**

(1) Hi. How are you today?
嗨，你今天感覺如何？
Good, thank you. And you?
很好，謝謝。你呢？

> 面試最重要的就是第一句了。若能將這種問候對話以清新的口吻順暢地說出來，那是最好的了。

(2) Are you nervous?
你會緊張嗎？
Well ... I'm a little nervous, but I think I'm prepared. I only get nervous if I'm not prepared. Thank you for asking.
這個嘛……我有一點緊張，不過我想我準備好了。我只在沒準備好時會緊張。謝謝你的關心。

> I'm a little ... 就是「我有點～」之意。這種說法能避免過度直接，而能給人委婉的印象。

(3) What do you do now? 你現在在做什麼工作？
I work for Tazu Imports. I work for the sales department. We sell to other businesses and directly to customers. Our best selling item is clothes.
我在塔茲進口公司工作。我任職於業務部門。我們銷售商品給其他公司，也直接賣給顧客。我們公司服飾類商品賣得最好。

> 面試時一定都會聊到目前的工作，所以請事先以連續的句子準備好答案。

(4) Do you like what you do?
你喜歡你的工作嗎？
Yes. I've learned a lot. And I've contributed a lot. But I'm ready for a bigger challenge.
喜歡。我學到了很多。而我也貢獻了不少。但我已經準備好接受更大的挑戰。

> 請以連續的句子，說明你喜歡目前工作的哪些部分，或哪些部分很有努力的價值等。

(5) What jobs have you done in the past? 你以前還做過哪些工作？
I worked for a magazine after I graduated from college. After that I joined Tazu Imports as a part-timer. I was promoted to full-time. Now I'm the assistant manager of my department.
我大學畢業後曾到一家雜誌社工作，之後我就以兼差的形式進入塔茲進口公司工作。後來升為正式員工，而現在我是我們部門的副經理。

> 這是在詢問你過去的工作經歷，只要將幾句簡短的話依時間順序串連，來進行說明即可。

6 What are your strengths?
你的長處為何？

I'm hard-working and responsible. I think I have good leadership skills. Also, I have a good nose for business.
我工作勤奮，而且有責任感。我想我滿有領導能力的。另外，我對於找出新商機也還滿有天分的。

> 🔊 I have a good nose for ... 依字面翻譯是「對於～方面嗅覺很靈敏」之意。

7 How about your weaknesses?
你的缺點呢？

Well... That's a difficult question. I used to take on too many responsibilities, but I've learned to manage my time well.
這個嘛……這個問題很難回答。我以前總是擔太多責任，但我現在已經學會要好好管理自己的時間。

> 🔊 覺得無法很妥善地回答時，就像這樣先用 Well ... That's a difficult question. 來回應。絕不可沉默不語。

8 Are you willing to move?
你願意被調派到別的地方去嗎？

Yeah. I have moved before. And I don't mind. I'd like some advance notice though.
願意。我以前也被調到別處過。我並不在意。只要事先通知我就可以了。

> 🔊 move 有「調派至別處」的意思。而 I'd like ... 比 I want ... 顯得更有禮貌，成年人就該這樣表達才好。

9 What do you think about working overtime?
你對加班有什麼看法嗎？

I don't mind working overtime. I'm used to it. How much overtime is there for this job?
我不在意加班。我很習慣了。這個工作通常需要加多少班呢？

> 🔊 What do you think about ...? 是「你認為～如何？」之意，不能說成 How do you think ...?，請特別注意了。而 [I don't mind + V-ing] 代表「我不在意做～」的意思。

10 Do you have any questions for me? 你有什麼問題想問我嗎？
Yeah. I have two questions. What is my job description? Also, would you tell me about the pay structure and benefits?
是的，我有兩個問題。想請教一下這份工作的內容是什麼？還有，可不可以請你說明一下薪資結構與福利？

> 🔊 「請告訴我關於～」說成 Would you tell me about ...? 比較有禮貌。本書全部的會話訓練到此全部完成！Great! You did it! Congratulations!

MEMO

國家圖書館出版品預行編目資料

說出連續句的英文特訓 / Steve Soresi 作. -- 初版.
-- 臺北市：貝塔：智勝文化發行, 2010. 11
　　面：　公分

　　ISBN: 978-957-729-814-0（平裝）

　　1. 英語　2. 會話

805.188　　　　　　　　　　　　　　　99019691

說出連續句的英文特訓

作　　者 / Steve Soresi
翻　　譯 / 陳亦苓
執行編輯 / 朱慧瑛

出　　版 / 貝塔出版有限公司
地　　址 / 台北市 100 館前路 12 號 11 樓
電　　話 / (02) 2314-2525
傳　　真 / (02) 2312-3535
客服專線 / (02) 2314-3535
客服信箱 / btservice@betamedia.com.tw
郵撥帳號 / 19493777
帳戶名稱 / 貝塔出版有限公司

總 經 銷 / 時報文化出版企業股份有限公司
地　　址 / 桃園縣龜山鄉萬壽路二段 351 號
電　　話 / (02) 2306-6842

出版日期 / 2010 年 11 月初版一刷
定　　價 / 300 元
I S B N / 978-957-729-814-0

EIKAIWA 1000BON KNOCK
Copyright © Steve Soresi 2006.
All rights reserved.
Original Japanese edition published in Japan by COSMOPIER PUBLISHING COMPANY, INC.
Chinese (in complex character) translation rights arranged with COSMOPIER
PUBLISHING COMPANY, INC. through KEIO CULTURAL ENTERPRISE CO., LTD.

貝塔網址：www.betamedia.com.tw

喚醒你的英文語感！

對折後釘好，直接寄回即可！

廣 告 回 信
北區郵政管理局登記證
北 台 字 第 1 4 2 5 6 號
免 貼 郵 票

100 台北市中正區館前路12號11樓

 貝塔語言出版 收
Beta Multimedia Publishing

寄件者住址

貝塔語言出版
Beta Multimedia Publishing

讀者服務專線（02）2314-3535　　讀者服務傳真（02）2312-353
客戶服務信箱　btservice@betamedia.com.tw
www.betamedia.com.tw

謝謝您購買本書！！

貝塔語言擁有最優良之英文學習書籍，為提供您最佳的英語學習資訊，您可填妥此表後寄回（免貼郵票）將可不定期收到本公司最新發行書訊及活動訊息！

姓名：＿＿＿＿＿＿＿＿＿＿＿＿ 性別：□男 □女 生日：＿＿＿年＿＿＿月＿＿＿日

電話：(公)＿＿＿＿＿＿＿＿＿＿(宅)＿＿＿＿＿＿＿＿＿＿(手機)＿＿＿＿＿＿＿＿＿

電子信箱：＿＿＿＿＿＿＿＿＿＿＿＿＿＿＿＿＿＿＿＿＿＿＿＿

學歷：□高中職含以下 □專科 □大學 □研究所含以上

職業：□金融 □服務 □傳播 □製造 □資訊 □軍公教 □出版
　　　□自由 □教育 □學生 □其他

職級：□企業負責人 □高階主管 □中階主管 □職員 □專業人士

1. 您購買的書籍是？＿＿＿＿＿＿＿＿＿＿＿＿＿＿＿＿＿＿

2. 您從何處得知本產品？(可複選)
　　　□書店 □網路 □書展 □校園活動 □廣告信函 □他人推薦 □新聞報導 □其他

3. 您覺得本產品價格：
　　　□偏高 □合理 □偏低

4. 請問目前您每週花了多少時間學英語？
　　　□ 不到十分鐘 □ 十分鐘以上，但不到半小時 □ 半小時以上，但不到一小時
　　　□ 一小時以上，但不到兩小時 □ 兩個小時以上 □ 不一定

5. 通常在選擇語言學習書時，哪些因素是您會考慮的？
　　　□ 封面 □ 內容、實用性 □ 品牌 □ 媒體、朋友推薦 □ 價格□ 其他＿＿＿＿＿

6. 市面上您最需要的語言書種類為？
　　　□ 聽力 □ 閱讀 □ 文法 □ 口說 □ 寫作 □ 其他＿＿＿＿＿＿

7. 通常您會透過何種方式選購語言學習書籍？
　　　□ 書店門市 □ 網路書店 □ 郵購 □ 直接找出版社 □ 學校或公司團購
　　　□ 其他＿＿＿＿＿＿＿

8. 給我們的建議：＿＿＿＿＿＿＿＿＿＿＿＿＿＿＿＿＿＿＿＿＿＿＿
　　　＿＿＿＿＿＿＿＿＿＿＿＿＿＿＿＿＿＿＿＿＿＿＿＿＿＿＿＿＿

喚醒你的英文語感！

Get a Feel for English !

喚醒你的英文語感！

Get a Feel for English !